Kinkels in die Kabel

SANNA VAN DER WALT

ISBN: 978-1-77605-628-6
E-boek: 978-1-77605-627-9

www.kwartspublishers.co.za

Hierdie boek word spesiaal opgedra ter nagedagtenis aan my dogter Yolandi Gouws wat op 25 Februarie 2011 op die jong ouderdom van 21 jaar, tragies gesterf het in 'n motorongeluk. Die karaktertrekke van die hoofkarakter is toonbeeld van haar.

Hoofstuk 1

"Dit kan nie wees nie!" roep Rochelle geskok uit.

Die visumbeampte kyk na die jong meisie voor hom en antwoord: "Jammer Mevrou, maar volgens die inligting van Binnelandse Sake is u getroud met meneer Ruan Cilliers."

Rochelle kry haar kalmte terug en deel die visumbeampte mee dat sy nog nooit voorheen getroud was nie.

"Daar moet 'n misverstand wees, óf ek is met iemand anders verwar!" probeer sy na 'n oplossing soek.

"Mevrou, al raad wat ek u kan gee is om na Binnelandse Sake se kantore te gaan en dit met hulle uit te sorteer. Ek is seker hulle sal aan u al die besonderhede verskaf wat nodig is om die misverstand uit die weg te ruim, of hulle sal 'n oplossing vir u probleem hê."

"Ek sal beslis u raad volg, maar wat is nou die stand van my visumaansoek?" vra sy ontsteld.

"Ons kan ongelukkig nie aan u 'n visum toestaan voordat al u inligting nie reggestel is volgens u aansoek nie. Die huidige inligting wat ons aangevra het dui aan dat u getroud is, en dit weerspreek u verklaring," antwoord die beampte.

"Is daar enigiets wat ek kan doen om vinniger 'n visum te kry as my inligting nie betyds uitgesorteer word nie?" vra Rochelle.

"Mevrou, u sal toestemming van u eggenoot moet kry om vir ses maande u praktiese opleiding in die buiteland te gaan doen aangesien julle binne gemeenskap van goedere getroud is," antwoord die visumbeampte geïrriteerd. Hy het baie sake om nog vandag af te handel en hy voel sy tyd word gemors.

"Dankie, Meneer, ek sal na u toe terugkom sodra ek my 'eggenoot' opgespoor het of die inligting kon opdateer by Binnelandse Sake. Totsiens," groet sy en verlaat die kantore.

Die 'mevrou' klink so vreemd. Sy weet nie wat die misverstand en wie die man is nie, maar sy sal dit beslis moet uitsorteer en hom aan die pen laat ry. Rochelle stap met gemengde gevoelens na waar sy haar motor parkeer het. Sy sien die voorband is pap.

"Ag, dit ook nog! Waar kom dit nou vandaan?" praat sy amper huilend met haarself en sien nie die man in die motor skuins agter haar wat wag vir haar parkering nie. Hy hou haar ingedagte dop met 'n grynslag op sy gesig al vandat sy uit die ambassade gekom het en kan sien dat sy sover nie 'n goeie dag gehad het nie. Rochelle sluit eers haar motor oop en gaan sit op die voorste sitplek met haar hande oor haar gesig. Sy wil eers asem skep en tot verhaal kom voor sy die volgende stap aandurf, want op die oomblik kan sy nie reguit dink nie.

Daar is hopelik 'n spaarband in haar motor wat sy nou self, of met iemand se hulp, sal moet omruil, dink sy by haarself. Sy kan beslis nie hier sit en wag vir beter dae nie. Sy klim uit en staan met haar hande op haar heupe terwyl sy die band 'n ligte skop gee. Sy loop na agter, sluit die kattebak oop en begin die matjie oplig om na die band te soek. Sy weet dit moet daar wees, want haar pa het mooi aan haar verduidelik waar alles is die dag toe sy haar motor gekry het. Nie dat sy ooit gedink het dat sy in so 'n situasie sal beland nie! Sy neem aan al die ander goed wat sy gaan nodig kry om die band om te ruil sal ook daar wees.

Die man in die motor sit teen hierdie tyd al met 'n groot glimlag op sy gesig en besluit om eerder te gaan help voor die meisie 'n ineenstorting kry. Hy druk sy motor se toeter en Rochelle skrik haar eers boeglam voor sy haar vererg omdraai en na die motor skuins agter haar kyk.

"Kan ek dalk die mooie dame help?" vra hy.

"My band is pap," antwoord sy hom.

Terwyl hy uit sy motor klim, bekyk Rochelle hom en wonder of sy eerder sy aanbod van die hand moet wys. Hy lyk vir haar 'n bietjie wild – sy donker hare hang slordig tot op sy skouers, en dit lyk of dit maande laas goed gekam is. Sy baard lyk beter versorg as sy hare, al is dit ook amper by die kuiltjie in sy nek. As sy na sy lyf kyk, is hy nog jonk en sy wonder watse gier dit deesdae onder die jong ouens is om so verslons te lyk.

"Hoekom bekyk jy my so? Ek sal jou nie aanrand nie; ek wil net help," antwoord die man haar.

"Jammer, maar daar gebeur vandag 'n klomp dinge waarvan ek nie eers sou kon droom nie. Sal jy my asseblief help om die spaarband en die toerusting daarvoor uit te kry?" verander Rochelle vinnig die onderwerp.

Terwyl die man haar motorband vervang, probeer sy kyk wat hy doen sodat sy volgende keer self kan regkom, al het haar pa haar al 'n keer of twee gewys. Sy is nie weer lus om in so situasie te wees nie. Die motorband is in 'n japtrap omgeruil en die man sit die pap band en toerusting terug in haar motor se kattebak.

"Jy moet onthou dat daar nou 'n spaarband op jou motor is en dat dit dunner is as die ander bande. Jy kan nie baie vinnig ry nie en moet so gou as moontlik die stukkende een herstel of vervang en weer op jou motor sit," laat hy hoor.

"Baie dankie. Dit was baie gaaf van jou om my te help," antwoord Rochelle verlig.

"Wel, ek het eintlik gewag vir jou parkering om oop te gaan en tot die slotsom gekom dat dit nie gou gaan gebeur as ek jou nie te hulp snel nie," antwoord hy gemaak sarkasties.

"Jy is lekker verwaand," antwoord Rochelle vererg en klim in haar motor. "Hoekom het jy nie 'n ander parkering gaan soek nie?"

"Jy is so oulik as jy so kwaad raak," lag hy en draai terug na sy motor. Hy gaan probeer om haar naam te kry en haar kontak met die verskoning dat hy net wil opvolg of sy reggekom het. Miskien kan hy haar dalk beter leer ken. By sy motor draai hy om sodat hy haar die inligting kan vra, maar Rochelle het alreeds weggetrek met skreeuende bande.

Hy kry 'n glimlag op sy gesig en wonder wat sy gedink het van hom met hierdie wilde haredos en baard wat hy as gevolg van 'n weddenskap wat verkeerd geloop het, moes kweek. Gelukkig is die "straftydperk" van ses maande oor die naweek verby en kan hy dan met 'n skeermes en knipper daarin klim om weer sy normale self te lyk. Wel, hy sal haar enige tyd elders uitken, want dit is nie elke meisie wat sulke mooi bokkie-ogies het nie.

Rochelle kyk vinnig terug in haar truspieël om te sien of hy nog daar staan. Sy was té omgekrap met alles wat vandag al gebeur het en sy het net die begeerte gehad om weg te kom. Sy kan sy mooi blou-groen oë onthou wat so stip na haar gekyk het. En sy wonder wat dink hy van haar.

Hy is in elke geval 'n regte klein windhaan en die kanse is skraal dat sy hom ooit weer sal sien, troos sy haarself.

Terwyl sy terugry na haar woonstel, wat sy deel met nog twee ander studente, bly sy dink aan die oggend se gebeure. In 'n paar oomblikke is haar hele lewe omvergegooi.

Wie is hierdie Ruan Cilliers, en hoe is dit moontlik dat sy met hom getroud kan wees?

Sy moet einde Mei in Amerika wees anders kanselleer haar borge haar kontrak. As sy haar borge moet inlig waarom sy nie betyds daar sal kan wees nie, sal hulle dink sy het gejok en hulle sal vertroue in haar verloor.

"Waar gaan sy die Ruan Cilliers opspoor?" wonder sy by haarself.

Sy het net ses weke oor om haar visum te kry en nou het sy nog dié probleem ook om uit te sorteer. Sy besluit dit is nie die moeite werd om haar nou weer van vooraf op te werk nie; dit is beter om nie nou 'n groot bohaai te maak oor alles voor sy nie die werklike feite het nie.

Sy gaan ook nie haar borge op hierdie stadium van enigiets laat weet nie en wil eerder by haar pa uitkom. Hy kyk altyd uit 'n ander oogpunt na 'n probleem en hy sal haar leiding en raad gee. Sy druk op die ingewing van die oomblik haar pa se nommer. Gelukkig is haar motor toegerus met die regte toerusting om op die selfoon te kan praat sonder dat sy in die moeilikheid sal kom. As sy nog 'n boete vandag moet kry, gaan sy regtig begin huil!

Sy gaan nou eers haar pa inlig dat sy al die komende naweek deurkom, want volgende naweek is Paasnaweek en sy het nie enige klasse volgende week nie. Dit sal vir haar te senutergend wees om heeltyd alleen met hierdie situasie te loop en te probeer uitpluis. Haar pa het haar van kleintyd geleer as jy 'n probleem so gou as moontlik uitsorteer dan spaar jy jou baie slaaplose nagte en met sy hulp kan hul korte mette daarvan maak. Sy wil nie die probleem met hom oor die selfoon bespreek nie. Dit is beter dat sy dit met hom persoonlik by hulle huis bespreek. Haar pa, Rickus, is nou wel 'n chirurg en nie 'n regsgeleerde nie, maar sy weet hy sal sekerlik 'n goeie prokureur ken wat haar sal kan help met die ondersoek na haar huwelikstatus én na die sogenaamde "man" van haar.

***

Daar is 'n frons op Rickus se voorkop wanneer hy die telefoon neersit. Hy wonder wat sy dogter so ontstel het. Hy kon aan haar stem hoor hierdie is 'n paniekkuier en nie werklik omdat sy na hulle verlang nie, veral as sy haar ma se gunsteling kos versoek. Dit is 'n aanduiding dat daar iewers fout is. Elke keer as Rochelle deur 'n moeilike tyd gaan, was haar ma se kos haar troos vir hartseer, pyn of onsekerheid wat sy mag ondervind. Dit kan beslis nie finansies wees nie, want hy het goed voorsien in al haar behoeftes terwyl sy studeer. Rickus ken sy dogter; as sy baie ontsteld is, kies sy altyd die pad huis toe, maak nie saak waar sy is nie. Hy is so dankbaar hy en Julia het hulle twee kinders, Rochelle die oudste, en Barry, die jongste, grootgemaak met die wete dat hulle enige tyd kan huis toe kom en dit altyd hulle veilige hawe sal wees, maak nie saak wat hulle situasie is nie.

Rickus dink aan Rochelle en sien haar nog op haar eerste skooldag met die poniestertjies pronkerig op haar kop. Hy kan nie glo dat sy amper klaar gestudeer is nie. Sy het besluit op veeartsenykunde en om te spesialiseer in perde, wat nog altyd haar eerste liefde was. Sy was en is nog altyd besorg oor wat perde deur moet maak tydens wedrenne, avontuurritte en ander sportsoorte. Sy wil meer navorsing doen oor onder andere die beserings, medikasie en die regte voeding wat nodig is vir die tipe taak wat vir hulle opgelei word. Sy was so gelukkig om 'n geleentheid te kry om in Texas haar navorsing voort te sit en ook 'n borg te kry wat al haar onkoste gaan dek. Sy het regtig baie harde werk, ure en navorsing ingesit om tot hier te kom.

Rochelle het nog altyd 'n groot liefde vir diere gehad. Rickus dink terug aan die keer toe sy nog op laerskool was en daar was 'n hondjie – as hy reg onthou was dit 'n Beagle – wat in 'n parkie rondgeloop het en geen eienaars was in sig nie. Rochelle wou so graag die hondjie huis toe bring en sy kon nie verstaan dat dit dalk iemand anders se hondjie is nie. Wat 'n tranedal was dit nie! Rickus sien nog die ontstelde en hartseer gesiggie voor hom. Hy het altyd gewonder of sy 'n veearts moet word, want dit is meer as net om diere gesond te maak. Wat gaan gebeur as daar 'n tyd kom wanneer 'n dier uitgesit moet word of wanneer sy nie die lewe van 'n dier kan red nie? Wel, dit is maar die leerproses van die lewe, en die geleentheid wat op haar pad gekom het om na Texas te gaan is een uit 'n miljoen, of "One in a million," soos sy dit genoem het. Sy het aan hom verduidelik hoekom sy uit al die plekke wat aangedui was op die borgskap op Texas besluit het.

Rickus dink terug aan die dag toe hul die gesprek gehad het oor waarom sy in perde wil spesialiseer in plaas van honde. Rochelle het verduidelik dat perde vir haar nog altyd in verwondering gelaat het met al die tipe sportsoorte waaraan hulle kan deelneem, hulle intelligensie en dat hulle ook vir terapie gebruik kan word op verskillende gebiede. Om nie eers te praat van die liefde wat hulle op hulle manier oordra aan mense nie.

"In Texas is daar baie perdeboerderye met verskillende tipe perde, en verskeie sportsoorte," het sy begin verduidelik. "Ek sal ook kan bepaal wat dit alles van 'n perd vat om deel te neem aan die verskillende sportsoorte, wat rodeo's, die grasieuse bewegings op perdeskoue en ook sporte soos gimkana, insluit," het sy opgewonde voortgegaan.

"Ek het 'n reeks op televisie gesien van die rodeobyeenkomste in Amerika waar die cowboys kyk hoe lank hulle op die perde kan bly, asook die bulle wat gedurende die byeenkomste gebruik word," het sy vertel.

"Dit is nie net die perde wat beserings opdoen nie, maar ook die cowboys," het Rickus haar meegedeel.

"Dit klink baie interessant, en dit is presies waarmee ek betrokke wil raak. Wat doen hulle met die perde en hoe word behandeling toegepas as daar beserings is? Sodra my tydperk daar verby is, kan ek die nodige kennis in ons eie land kom toepas," het Rochelle vrolik vertel.

Hy kon die ekstase in haar stem hoor en hulle het nog lank oor haar planne gesels en Rickus het sy dogter meegedeel dat hy haar sal ondersteun in haar projek. Hy is baie trots op sy dogter, en hy weet sy het baie van haar vriende en vriendinne afgeskeep, en selfs verloor, omdat sy nie baie tyd gehad het vir studentepret en uitgaan nie. Sy het gedurende vakansies by 'n navorsingsprojek betrokke geraak wat onder die Onderstepoort se veeartsenykunde-afdeling in Pretoria inskakel. Dit is hier waar sy saam met ander lande se studente gewerk het en raakgesien is deur 'n Amerikaanse maatskappy wat betrokke was by projek. Sy is 'n borgskap aangebied met die voorwaarde dat sy reeds in Meimaand by die navorsingspan in Texas moet aansluit. Rickus weet dat Rochelle vandag haar visum moes gaan uitsorteer en alles vroegtyding in plek probeer kry sodat sy net op die vliegtuig kan klim. Wat gebeur het wat haar so ontstel het dat sy wil huis toe kom, weet hy nie. Hy sal maar moet wag totdat sy hier is ...

Hoofstuk 2

Rochelle pak Donderdag direk na klas die lang pad na haar ouerhuis in Bloemfontein aan. Dit is Paasnaweek en sy wil weg kom voor die groot uittog. Die enigste keer wat sy stop is by 'n motorhawe om petrol in te gooi. Sy neem die kans waar om die toilet te besoek en vir haar koeldrank en iets te ete te kry. Sy betaal die petroljoggie en vat weer die lang pad. Dit is laat agtermiddag wanneer sy indraai by haar ouers se woning. Sy was twee maande laas hier, nie omdat sy nie verlang het nie, maar as gevolg van haar druk studieprogram wat uit meer as net studie bestaan. Sy het nou eenmaal hierdie eienskap van haar pa gekry om alles perfek te doen, of om dit te los.

Haar ouers se erf is nog van die min in die omgewing wat nie voor toegebou is soos 'n tronk nie, en sy kan inry sonder om nog te wag dat die hek oopgemaak moet word. Sy sou verkies het dat haar ouers versigtiger moet wees, maar soos haar moeder sê: "Ons geloof moet nie deur ons omgewing en omstandighede onderdruk word nie."

Leeu, haar ma se Chow, is al yslik groot. Hy is Leeu genoem omdat hy soos 'n regte leeu lyk en sy ligte bruin pels word ook so geskeer dat die maanhare duidelik uitstaan. Leeu kan nie wag dat sy moet uitklim nie en spring op teen haar sodat sy amper weer terug in die kar beland.

"Rustig, Meneer," paai sy hom. "Ek weet jy is nie gewoond daaraan dat ek kom kuier nie, maar ek wil nie nou beserings opdoen nie!"

Rochelle vryf Leeu en stap na die voordeur wat natuurlik oopstaan. Sy stap binne en kry haar moeder in die kombuis.

"Dit ruik te lekker," groet sy haar ma, Julia.

"Hoe laat jy my nou skrik my kind!" antwoord haar ma.

"Dit sal Ma leer om die huis ten alle tye gesluit te hou. Ek kon net sowel 'n skelm gewees het!" lag Rochelle.

"Ja, toe nou klein snip. Pappa het vir my gesê jy kom huis toe die naweek. Dit was vir my 'n groot verrassing," sê Julia terwyl sy Rochelle 'n drukkie gee. "Ek het toe net daar besluit om jou gunsteling hoendergereg gemaak. Jy word hoeka al te maer vandat jy so alleen bly," antwoord Julia terwyl sy Rochelle van kop tot tone bekyk.

"Ek het darem woonstelmaats, Mams, en hoekom is daar iets soos wegneemetes?" skerts sy. "Maar niks kom naby Ma se kos nie," sit sy trooswoorde by.

"Ja toe, jy het ook altyd 'n antwoord vir alles," lag Julia. "Gaan sit jy gou jou goedjies in jou kamer dan gaan ek solank begin om die tafel te dek. Ons kan dan sommer vroeg al eet en daarna lekker kuier."

Wanneer Rochelle die trappe afkom, sien sy dat haar pa ook intussen by die huis gekom het. Sy kry hom waar hy besig is om vir hulle 'n wyntjie te skink om saam met die ete te geniet. Sy gee hom 'n drukkie en neem plaas by die tafel. Nadat haar pa 'n dankgebed gedoen het, begin hulle eet. Daar word gesels oor wat die afgelope twee maande met haar navorsing by Onderstepoort en in Pretoria aangegaan het, en Rochelle word weer op hoogte gebring oor almal se welsyn en lewens in Bloemfontein. Dit is altyd lekker om te hoor van almal en wat met elkeen van haar skoolmaats gebeur het gedurende die afgelope tyd. Na ete help Rochelle haar ma om die skottelgoed in die skottelgoedwasser te pak en gaan sit daarna saam met haar pa op die voorstoep waar hy in die verte tuur.

"As Pa nou so ingedagte sit?" vra sy saggies.

"Dit is altyd die lekkerste tyd van die dag en ek verkyk my aan die son wat so mooi ondergaan. Die Here gee elke aand vir my 'n nuwe skildery met 'n ongelooflike sonsondergang," antwoord Rickus.

"Dit lyk besonder mooi vanaand," antwoord Rochelle.

"Vertel nou vir jou vader wat my kind soos 'n warrelwind die langpad laat aandurf het huis toe. Nie dat ek omgee nie, want ons verlang baie na jou met die dat jy so ver van die huis is. Ek kon sommer aan die etenstafel sien jy probeer hard om jou ou self te wees, maar tog is daar iets wat haper," antwoord hy met 'n skuins kykie na haar.

Rochelle kyk na haar pa en weet hy ken haar al te goed. Sy het nog al die jare 'n baie spesiale band met hom, en al is sy baie lief vir haar ma ook, is dit net vir haar makliker om met haar pa te gesels. Seker omdat hulle so dieselfde is. Haar broer, Barry, se klankbord is weer haar ma. Sy gaan sit langs haar pa en trek haar asem eers diep in en uit voor sy begin vertel van haar besoek aan die ambassade. Sy vertel kortliks wat die dag gebeur het en wat die visumbeampte aanbeveel het om haar kan help om die situasie op te los terwyl Rickus aandagtig luister.

"Waarheen gaan hierdie land van ons? Daar is deesdae so baie bedrog en bedrywighede aan die gang dat mens nie kan voorbly nie. Daar is so baie gevalle van identiteitsbedrog waar mense se inligting gebruik word om ander persone in die land te kan laat bly of om misdaad te kan pleeg," sê Rickus nadat hy haar storie gehoor het. Hy deel haar mee dat sy vriend, Dirk Vos, 'n advokaat is, en dat hy die laaste paar jaar baie met sulke gevalle te doen gehad het en dat hy seker is hy sal hulle kan help.

"Ek het altyd gedink dit gebeur net in flieks, en nooit gedink dit sal met my gebeur nie," antwoord Rochelle. "Dit is net vir my snaaks dat ek wel met 'n Suid-Afrikaner en nie met 'n buitelander getroud is nie. Dit is hoekom dit vir my geensins sin maak nie," antwoord sy.

Rickus beloof om Dirk so spoedig moontlik te skakel sodat hulle 'n afspraak kan kry.

"Ons sal wel agterkom waar alles ontstaan het en ek dink dit is net 'n misverstand," antwoord Rickus. Rochelle vertel hom van haar band wat pap was en van die jong man wat haar gehelp het. Haar pa belowe haar om die stukkende band die volgende dag te laat regmaak. Hy is dankbaar die Hemelse Vader het Rochelle daardeur beskerm deur dit te laat gebeur op 'n plek waar hulp naby was en nie op pad tussen niks en nêrens. Haar ma sluit ook by hulle aan en hulle kuier nog 'n rukkie voor Rochelle gaan inkruip na die lang ryery. Haar kop het skaars die kussing geraak of sy is in droomland.

Die son se strale skyn so luierig deur die kamervenster op die vloer. Rochelle maak haar oë stadig oop en moet eers 'n wyle lê om te besef sy is by haar ouerhuis. Dit gebeur selde dat sy op 'n Vrydagoggend kan wakker word in haar eie kamer. Dit is asof die vitamien D in die sonstrale haar opnuut energie en lewenslus gee. Vir eers is al die gebeure van gister vergete. Sy sal graag van haar vriende en vriendinne bietjie wil besoek terwyl sy hierdie langnaweek hier is. Hulle het maande laas gekuier.

"Is dit nie die Klein Karoo Nasionale Kunstefees die naweek nie?" wonder sy hardop. "Dit sal nou die geskikste manier wees om al my vriende en vriendinne saam te sien en hulle kan nog kuns en kultuur ook beleef," praat sy verder met haarself. Sy was nog net een keer daar saam met haar ouers, maar het nog nooit daar oorgeslaap nie. Sy gryp haar foon en stuur 'n groepboodskap op WhatsApp vir haar vier beste vriende. Nadat hulle almal gegradueer het, het hulle besluit om 'n WhatsApp-groep te stig sodat elkeen weet waar die ander een hom of haar bevind. Hulle misbruik nie die groepboodskappe nie, maar sal net belangrike of interessante inligting deel soos dit van tyd tot tyd plaasvind. Hierdie is nou een van daardie geleenthede waar die WhatsApp-groep wonderlik werk en sodoende kan almal gelyktydig sien wat sy vir die naweek beoog en wie van hulle dan hul skedule kan aanpas om saam te gaan. Sy deel hulle mee dat dit die ideale geleentheid is om saam te gaan kamp by die KKNK soos hulle al die jare as studente wou, maar dit het net nie gebeur dat almal gelyktydig kon weg kom nie. Studies was hulle eerste prioriteit.

Nou moet sy net terugvoer kry en dan is dit pak en die pad vat Oudtshoorn toe. Sy spring uit die bed en was haar gesig, borsel tande en kam haar hare. Sy ruik die heerlike geur van kos wat uit die kombuis kom en weet haar ma het 'n lekker ontbyt aanmekaargeslaan. Soos sy haar ma ken, het sy weer vir die hele Bloemfontein ontbyt gemaak en haar arme pa is te dankbaar as een van die kinders by die huis is om hom te help eet.

"Môre, Mams," groet sy vrolik.

"Hallo, my kind! Kon jy darem slaap gisteraand?" vra Julia.

"Ja, dankie Mams, net om te weet jy is tuis en in jou eie bed laat jou sommer soos 'n babatjie slaap," lag sy.

Terwyl hulle ontbyt eet, vertel sy haar ouers van haar planne en dat sy net wag om te hoor wie almal saam met haar kan gaan. Haar ma wil weet hoe lank hulle wil gaan en lyk afgehaal toe sy hoor dit is vir die hele naweek.

"Ai, my kind, jy is skaars hier en dan gaan jy al weer," sê Julia.

"Mams, ek kom Sondagmiddag terug en dan slaap ek hier oor. Ek gaan eers Dinsdagmiddag terugry Pretoria toe sodat die meeste verkeer kan opklaar," probeer sy haar ma paai.

"Dit is reg so my kind, ek weet jy wou nog elke keer gegaan het en stel dit dan net weer uit. Dit is nie so ver van hier as van Pretoria af nie en ek sal lekker eetgoed inpak vir jou en jou vriende sodat julle lekker kan eet en kuier," antwoord Julia so bietjie skuldig dat haar misnoeë deurgeskemer het in haar stem. Sy staan op om vir hulle lekker koffie te gaan maak.

"Ek was gelukkig om vanoggend by my vriend Dirk, die advokaat, 'n afspraak te kry sodat ons die aangeleentheid op die tafel kan sit," antwoord haar pa. "Jy sal eers julle vertrek vir laatmiddag moet reël, want ek het met Dirk gesels en hy sal ons vanoggend sien omdat hy moet ingaan kantoor toe om iets dringend af te handel al is dit 'n vakansiedag," antwoord haar pa. Julia weet hy het 'n afspraak met die advokaat gemaak, maar weet nie werklik waaroor dit gaan nie. Rickus hou nie daarvan om goed vir haar weg te steek nie, maar in dié geval moet hy eers al die feite kry voor hy Julia kan inlig. Sy sal natuurlik weer nie 'n oog toemaak as sy moet weet wat Rochelle se besoek eintlik behels nie.

"Dit is reg, ek dink nie dit kan te lank neem nie. Ek sal gou klaarmaak sodat ons kan ry."

Rochelle kry al die dokumentasie bymekaar wat sy intussen versamel het vandat sy by die ambassade was sodat sy dit vir die advokaat kan gee. Dit sal al klaar die ondersoek vinniger maak en die proses aan die gang sit. Die advokaat se kantore is in die middestad geleë en is nog een van die min ou geboue wat staande gebly het deur die jare. Rochelle sien op die muur 'n plaatjie wat aandui dat prokureurs en advokate in die gebou gehuisves word. Voor hulle die kantore binnestap, kry Rochelle 'n koue rilling teen haar ruggraat af. Haar ouma het altyd gesê dit is as iemand oor jou graf geloop het. Sy kry die gevoel dat hierdie 'n lang proses gaan wees.

"Goeiemôre!" roep Rickus om Dirk se aandag te trek en aan te dui dat hul daar is omdat daar geen ander personeel teenwoordig is op die vakansiedag nie.

"Goeiemôre, Rickus! Ek het jou baie lanklaas gesien en dit is seker jou pragtige dogter?" groet Dirk vriendelik toe hy uit sy kantoor kom. "Stap deur," verwys hy hulle na sy kantoor.

Rochelle hou sommer dadelik van hom en sy voel veilig en verlig dat hy haar saak gaan hanteer.

"Wat kan ek vir julle doen?" vra Dirk.

Rochelle se pa gee 'n kort oorsig oor hulle besoek terwyl Dirk die nodige aantekeninge maak en hul persoonlike inligting op 'n vorm voltooi. Rickus oorhandig die inligting wat Rochelle reeds bekom het. Dirk bestudeer dit vinnig, frons en draai dan na haar.

"Kan jy met sekerheid sê dat jy niks hiervan weet nie? Dit is nie dat ek jou nie glo nie, maar alles lyk op die oomblik eg en ek moet seker wees as ons die saak hof toe vat dat ons feite reg is."

"Ek verstaan, maar ek kan met eerlikheid sê ek het die eerste keer hiervan gehoor toe die visumbeampte dit vir my noem."

"Wel, om mee te begin sal ek eers al die dokumentasie van Binnelandse Sake moet bekom en dan sal ek my ontvangsdame vra om julle te kontak om weer 'n afspraak te maak. Dit gaan nou 'n paar keer se ryery vir jou beteken vanaf Pretoria na Bloemfontein, maar dit is die beste wat ek nou kan doen," antwoord Dirk.

"Dit is alles in orde, Dirk, as daar van die dinge is wat ek sonder Rochelle kan doen moet jy net praat. Dit sal baie van die ryery uitskakel en die proses nie onnodig vertraag nie," bied Rickus sy hulp aan.

"Dit is reg so, Rickus. Ek sal jou gereeld op hoogte hou," antwoord Dirk.

"Ons sal dan wag vir jou terugvoer en ek waardeer dit dat jy ons op so 'n kort kennisgewing kon sien," groet Rickus.

Rochelle en haar pa stap in stilte na die parkeerarea. Wanneer hulle die motor bereik, draai Rochelle na haar pa: "Ek is jammer vir hierdie gemors en ek weet dit is alles net 'n deurmekaarspul."

"Sulke dinge gebeur, my kind, en ons los alles net in die hande van onse Hemelse Vader en Hy sal dit vir ons oplos," bemoedig hy haar. Hulle ry huis toe en Rickus verander die onderwerp na die nuwe ontwikkeling waarmee hulle besig is. Rochelle luister ingedagte en dit is vir haar so wonderlik om haar pa so opgewonde te sien oor die nuwe mediese sentrum waarvoor hy sy lewe lank al werk. Rochelle vertel haar pa dat sy dit kon regkry om vier van haar vriende en vriendinne bymekaar te kon kry om KKNK toe te gaan. Hulle gaan sommer saam haar ry dan deel hulle die onkoste.

Dit is nie lank nie, of hulle ry in by hulle huis. Rochelle kry die goedjies wat sy reeds gepak het, bymekaar. Haar ma het so baie padkos en kos ingepak dat Rochelle voel sy kan 'n kiosk opsit by KKNK en kos verkoop. Haar ma lag en gee Rochelle 'n drukkie voor sy groet en na die universiteit ry om die ander te gaan oplaai.

Hoofstuk 3

Die vyf jongmense het uitgesorteer waar elkeen wil sit en die bagasie is behoorlik ingeprop in die kattebak. Elkeen is aangesê om net een sak saam te bring en daar is ook net twee tente waarmee hulle moet klaarkom. Dit is lank ná sonsondergang wanneer hulle die KKNK bereik. Die jongklomp begin om die tente op te slaan voor dit te donker raak.

"Hoe werk hierdie tent?" vra Chanté. "Daar is geen pale of enige aanwysings nie."

"Jy gooi hom net neer; dit is een van daardie opspring-tente," antwoord Paul.

"Dit is wonderlik! Watter uitvindings gaan daar nie nog kom nie?" antwoord Chanté verbaas.

Daar word besluit die dames sal die viermantent deel en die twee manne die tweemantent.

"Leon moet net sy voete buite die tent hou," spot Paul.

"Jy moet net nie so baie snork nie," terg Leon terug.

"Ons is albei so lank, ek weet nie watter deel van ons liggame binne en wat buite gaan slaap nie!" lag Paul.

Rochelle hou haar vriende en vriendinne dop. Hulle kom almal al van laerskool af saam en as daar 'n partytjie of geleentheid is om saam te wees, dan maak hulle 'n plan. Sy voel bietjie hartseer om te dink dat hul paadjies een van die dae gaan skei en dat sulke kuiers nie meer so volop sal wees nie. Elke minuut is kosbaar en sy wil die tydjies saam met hulle geniet. Rochelle som in haar gedagtes op waar sy dink elkeen se lewensreis hom of haar gaan neem.

Paul sal seker vir Suid-Afrika krieket speel en Leon sal graag as die eienaar van 'n motorwerkswinkel wil eindig, want hy hou daarvan om motors te herstel en te modifiseer. Chanté gaan beslis groot hoogtes in die onderwys bereik, dalk nog eindig as 'n skoolhoof en Erika gaan beslis 'n motiveringsspreker word as sy nie verder in drama gaan studeer nie, praat Rochelle in haar gedagtes met haarself.

Rochelle dink sy moet dit iewers aanteken en op hulle 10-jaar reünie sien of sy dit raak opgesom het en dit dan met die groep deel. Sy sien die tente is al klaar opgeslaan en staan op om te help om die bagasie uit te laai. Nadat alles veilig weggepak is, ry hulle in die rigting van die stalletjies om te sien wat alles daar aangaan. Rochelle se ma het so baie eetgoed ingepak, en alhoewel die manne amper alles verslind het, is hulle nou honger vir hamburgers. Chanté is weer op soek na pannekoeke, want sy glo jy kan nie 'n fees besoek as daar nie pannekoek geëet word nie. Daar is so baie eetgoed en alles is nou nie so gesond nie, maar wie gee om? Almal kry sommer wegneemetes sodat hulle kan gaan ontdek wat alles hier aangaan. Paul en Leon besluit om hul eie koers in te slaan, want netnou kry hulle nie meisies nie omdat hulle saam hul vriendinne rondloop. Die meisies besluit hulle wil deur die feesterrein stap en sien wat die volgende dag op die teater se vertoningslys is. Hulle spreek af om mekaar weer by die tente te kry sodat niemand na die ander hoef te soek nie. Dit is laat die aand wanneer die meisies by die tent aankom. Hulle merk die manne is nog nie daar nie. Die moegheid is meer as die bekommernis oor die manne en hulle gaan kruip in.

Erika is so bang vir enige gogga dat sy eers haar hele opslaanbed omtrent omkeer voor sy gaan lê. Chanté kan weer nie sonder 'n lig slaap nie en Rochelle hou weer daarvan om by die ingang te slaap. Nadat elkeen haar lê gekry het, gesels hulle nog 'n bietjie. Rochelle het besluit om nog niks te noem van wat tans in haar lewe aangaan nie, want dit sal nog meer druk op haar plaas. Netnou is dit net 'n misverstand en dan was almal ontsteld, of soos sy Erika ken, besig om speurder te speel. Een vir een raak hulle uiteindelik aan die slaap.

Vroeg die volgende oggend is die meisies op en gaan hulle badkamer toe om te stort en klaar te maak vir die dag se aktiwiteite. Terug by die tent sien hulle die mans lê nog en slaap met hulle bene wat uitsteek by die tente.

"Dit is 'n wonder niemand het nog oor hulle bene geval nie!" lag Rochelle.

"Dit sal die dag wees dat hulle nog hulle roes lê en afslaap," sê Erika.

"Ja, kom ons ruk hulle uit hulle gemaksone; ons het gesukkel om aan die slaap te raak en hulle was een van die klomp wat gedink het hulle is die enigste mense wat kamp," sê Chanté ergerlik. Die meisies maak die tent oop en gooi koue water oor die twee jong mans uit.

"Wat d ...?" skrik Leon wakker.

"Opstaan! Ons is al op pad om ontbyt te gaan eet," roep Rochelle.

"Oeee, my kop ..." kla Paul.

"Laat dit vir julle 'n les wees," lag die meisies.

"Daar is 'n noodhulptassie met hoofpynpille as julle soek en maak klaar. Bel ons om te hoor waar ons is en dan kan ons die dag vorentoe beplan," antwoord Rochelle.

"Oukei, maar ek dink dit sal eers teen middagete wees," brom Paul en draai om.

"Dit is julle verlies as julle die hele dag wil omslaap en alles mis. Kom meisies, ons kan nie langer vir hierdie twee lamsakke wag nie," antwoord Rochelle.

Die meisiekinders vat koers na die stalletjies en die vertoningsarea. Erika sien 'n plakkaat van die optredes asook die van die Radio Active-groep se optrede.

"Radio Active is die nuwe groep wat nou so opgang maak. Hulle gaan nou enige oomblik begin! Kan ons asseblief eers daar 'n draai gaan maak?" vra Erika smekend.

"Ag, ek hou nie eintlik van hulle nie. Jy kan maar gaan kyk; ek sal eerder bietjie teater toe wil gaan," sê Rochelle.

"Ek sal hulle ook wil sien," smeek Chanté.

"Ons wil dinge saam doen en daar is so min tyd. Kan ons nie eers na hulle optrede gaan en dan die teater gaan opsoek nie? Daar is 'n nuwe hoofsanger, en almal is mal oor hom en hy is blykbaar so aantreklik," probeer Erika ook vir Rochelle oortuig.

"Goed, ons moet seker ooreenkom. Onthou net: ek is nie hier om 'n man te vang nie," sê Rochelle laggend.

Die Klein Karoo Nasionale Kunstefees is behoorlik in volle swang. Smiley is die hoofsanger van die Radio Active-musiekgroep en hulle tree vandag vir die eerste keer by die bekende kunstefees op. Hy is 29 jaar oud, en met sy donker hare wat gesny is volgens die nuutste mode en groen oë wat amper 'n blou skynsel het, maak hy die jong meisies se knieë lam. Hy het ook 'n kuiltjie in sy ken, met 'n stoppelbaard. Sy gesig is ovaalvormig en hy bry lig as hy praat en dit laat sy beeld met nog 'n paar punte verhoog. Hy is 'n tipiese metroman. Volgens die groep se ander lede is hy 'n perfeksionis wat sy optredes betref en moes hulle al menige kere oor en oor oefen tot hy tevrede voel met die vertoning, alhoewel hy eintlik 'n gemaklike persoon is om van die verhoog af oor die weg te kom. Al die lede van die groep is ongetroud, maar van hulle het meisies.

Hy is baie geheg aan sy ouers en suster, en gewild onder sy vriende. Hy mis nie 'n samekoms waar hy kan kuier en uithaak nie. Smiley is op sy senuwees, want dit is sy eerste groot optrede saam met die Radio Active-groep, en hy weet daar gaan baie aanhangers vandag hier wees om hulle te sien optree. Hulle tree gewoonlik op by klein byeenkomste en dansplekke, en het besluit om die waters van die KKNK te toets. As die vertoning eers begin, is die ys gebreek en hy wil nie die groep, of die aanhangers, teleurstel nie. Smiley was op skool in Pretoria 'n rustige, voorbeeldige seun wat ook die hoofseun was.

Hy wou op skool al 'n sanger word, maar sy ouers het daarop aangedring dat hy 'n BSc-graad in Aptekerswese volg sodat hy iets het om op terug te val. Dit het gemaak dat hy bietjie rebels geraak het gedurende sy universiteitsjare en by 'n vriendegroep ingeskakel het wat behoorlik gekuier en pret gehad het. Hy het gesorg dat hy darem toelating tot eksamens kry en net-net geslaag. Hy het agtergekom hy is nogal gewild onder die dames en is later gebrandmerk as 'n "player" soos sulke ouens bekend staan. Die eerstejaartjies het nog vir hom geval, maar die wat hom geken het en weet hy laat hom nie vasknoop nie, het weer wye draaie geloop en die oningeligtes gemaan om versigtig vir hom en sy groep vriende te wees. Dit het hom eintlik gepas. Op dié manier het hy sy hart beskerm en het hy nie té betrokke geraak by meisies nie. Dit sou sy studies net nog meer bemoeilik en daar was beslis nie tyd om aandag aan 'n verhouding te gee nie.

Sy groot liefde het egter musiek gebly en hy het vir ekstra geld in eetplekke en kroeë gesing, net soos baie jong kunstenaars maar begin het. Hy was gelukkig dat die stigter van Radio Active hom die spesifieke aand hoor sing het na een van sy optredes en hom gekontak het vir 'n oudisie. Die groep se hoofsanger het onttrek en hulle was op soek na 'n nuwe hoofsanger en daarom is hy vandag hier om sy stempel af te druk. Die meisie van een van sy groeplede storm by hom verby om betyds te wees om haar geliefde 'n soentjie te gee voor hulle of die verhoog verskyn. Almal in die groep is in 'n verhouding behalwe hy en Gerald. Smiley voel skielik die gemis aan iemand spesiaals om hierdie groot oomblik met hom te kon deel. As hy nou daaraan dink, was daar nie werklik een meisie wat vir hom na die "een" gevoel het nie. Dit sou in elk geval onregverdig gewees het teenoor 'n meisie as sy heeltyd vir hom moes wag en hom net te sien sou kry wanneer hy tyd gehad het om haar te sien.

Sulke verhoudings het nog nooit gewerk nie, en hy wil niemand aan 'n lyntjie hou nie en ook nie haar óf sy tyd mors nie, veral noudat sy sangloopbaan op dreef is. Dit is soms moeilik om te bepaal of die meisie vir *jou* wil hê of net die idee om iemand bekend aan haar sy te kan hê. Sy maats roep hom en hy keer sy gedagtes terug na die hede. Daar is behoorlik 'n gejuig en 'n gegil wanneer die groep op die verhoog verskyn. Chanté moet bo die geraas skreeu sodat sy gehoor word.

"Dink julle nie die hoofsanger is wonderlik nie?"

"Ek hou meer van die ou wat die dromme speel," antwoord Erika

Rochelle kan nie dink hoekom almal so gaande is oor die groep nie. Vir haar is dit net 'n geraas en geskreeu van die verhoog af. Sy is glad nie beïndruk nie, maar moet nou vasbyt vir die volgende uur sodat haar vriendinne net tot ruste kom. Sy hoop hulle sal nog kan praat na die tyd met die gejuig tussendeur. Na afloop van die vertoning word daar van die verhoog genoem dat die groep handtekening sal uitdeel vir die volgende 15 minute. Die plek word aangedui sodat dit nie die volgende optrede beïnvloed nie. Rochelle bekyk die ry en sien hulle gaan omtrent 'n lang tyd hier deurbring en die kanse is groot dat hulle nie binne die 15 minute daar gaan uitkom nie. Sy is meer angstig om na haar vertoning te gaan kyk as wat sy is om 'n handtekening te kry. Sy oorreed haar vriendinne om hul cd's vir haar te gee sodat sy kan kyk of sy vorentoe plek kry om vinniger die handtekeninge te kry.

Rochelle sien dat daar niemand aan die kant van die verhoog staan nie en besluit om daar te gaan probeer. Dalk is sy gelukkig en sien een van die lede haar raak. Sy sien 'n gaping en beur vorentoe totdat sy amper teen Smiley te staan kom. Ongelukkig sien sy nie die trap voor haar nie en slaan voor sy voete neer. Smiley, wat nie besef het wat gaan gebeur nie, skrik eers, maar toe hy sien hoe verleë sy lyk kom die terggees in hom na vore.

"Ek weet jy wil baie graag my handtekening hê, maar dit is mos nie mooi om voor die ander mense in te druk nie én dan nog voor my voete neer te val nie," terg hy vir Rochelle.

Rochelle voel of die aarde haar insluk en almal na haar kyk. Sy besluit om haar in te hou en handig die cd's na hom en sê dit is eintlik vir haar vriendinne. Smiley teken die cd's en skryf 'n boodskap vir elkeen van haar vriendinne. Hy vra of daar een vir haar is, want hy wil op 'n subtiele manier haar naam kry omdat hy aanvoel sy sal dit nie sommer gee nie en hy wil ook nie vir die ander lede wys die meisie het hom beïndruk nie.

"Nee, my vriendinne ry saam met my en ek gaan genoeg van die cd's hoor, so dit is onnodig om my eie ook aan te skaf," antwoord sy met 'n tikkie skuldgevoel oor die wit leuentjie wat sy vertel omdat sy nie van hul musiek hou nie, maar nie sy gevoelens wil seer maak nie. Sy is meer geïnteresseerd in die klassieke genre.

"Dit is jou verlies," sê hy ietwat teleurgesteld.

"Dankie" sê sy en vat die cd's uit sy hande.

"Nie so haastig nie, meisie met die bokkie-ogies! Wat is jou naam en nommer?"

"Jy kan dit in die witbladsye kry," antwoord Rochelle sarkasties en loop weg.

Terwyl sy wegstap, kyk Smiley haar met 'n glimlag agterna. Iewers het hy al sulke bokkie oë gesien maar dit kom nie nou by hom op waar hy dit gesien het nie. Dit is sy tipe meisie; geen pretensie, net haarself. Hy sou haar graag weer wou raakloop net om saam met haar koffie te gaan drink en meer oor haar uit te vind.

Terug by haar vriendinne oorhandig Rochelle 'n cd aan elkeen.

"Dankie, jy is 'n skat!" kom dit gelyktydig van Chanté en Erika.

"Hoe klink sy stem as hy nie sing nie?" wil Chanté nuuskierig weet.

"Soos enige ander man se stem. Kom, julle het belowe ons kan nou my vertonings gaan kyk," antwoord Rochelle haastig. Sy wil nie vir haar vriendinne wys dat sy eintlik so bewerig gevoel het by die ou nie; sy weet nie eens wat sy werklike naam is nie, maar hy het die mooiste blou-groen oë – amper 'n grou kleur – waarna sy heeldag sou wou kyk.

Die meisies haas hulle om betyds te wees vir die teatervertoning. Kort-kort flits die hoofsanger se gesig in Rochelle se gedagtes op terwyl sy na die vertoning kyk. Sy kan dit nie plaas nie, maar iewers het sy daardie sterk, diep en rustige stem al gehoor, en nou het hy nog 'n uitwerking op haar emosionele toestand ook. Wat hom anders maak, is sy arrogansie, en tog het hy ook 'n sensitiewe kant aan hom. Miskien is dit die tipe man wat by haar sal pas? Sy fokus harder op die toneelstuk voor haar om nie weer aan hom te dink nie. Die res van die dag spandeer die jongmense op die feesterrein, braai en gesels. Rochelle het alles moontlik gedoen om nie weer naby die musikante se gedeelte te kom nie.

"Paul het laat weet hulle is by die biertent en gevra ons moet hulle daar kry," antwoord Erika.

"Daar gaan ons rustige agtermiddag!" lag Chanté.

Die meisies merk dat hulle mansvriende reeds 'n tafel gekry het by die biertent. Dit is altyd lekker om saam die groep te kuier en die meisies sluit by hulle aan. Rochelle drink nie eintlik alkohol nie, maar is lus vir 'n bier met limonade wat Paul, haar seunsvriend van kleuterskooldae af en wat ook soos 'n broer vir haar is, vir haar gaan kry. As haar ouers maar weet hoe lekker kan die groep kuier wanneer hulle alleen is, kry hulle 'n oorval. Die aand raak plesierig en lekker dansliedjies word gespeel. Daar is 'n aankondiging dat alle jong dames kan deelneem aan die uithou-danskompetisie op die maat van die liedjie "68 Chevy (Minki)", gesing deur Bok van Blerk. Die reëls is dat die meisies in pare van vier op die tafels, wat saamgevoeg is, moet dans vir die danskompetisie. Die mans por die meisies aan om te gaan deelneem. Chanté oorreed Rochelle om saam haar en die ander twee meisies te gaan dans. Rochelle huiwer eers en stem toe in.

Daar is twee groepe meisies wat ingeskryf het. Die lyfies word geswaai en sodra een meisie ophou dans moet sy van die verhoog af en so gaan dit aan tot die laaste een van die groep oorbly. Nadat al die groepe uitgedun is sal daar 'n finale rondte wees waar die oorblywende twee meisies teen mekaar sal kompeteer vir die prys. Rochelle weet as sy eers begin dans is sy in 'n ander wêreld, daarom is dit nie vir haar moeilik om die eerste rondte te wen nie. Die finale rondte is aan die gang wanneer Smiley en sy vriende iets te drinke kom soek. Hy kan sy oë nie glo toe hy die meisie, wat soos 'n engel gelyk het met die vra van sy handtekening, op die tafels sien dans nie.

Kan jy nou meer! glimlag hy by homself. Dat sy so 'n hele metamorfose binne 'n paar uur kon ondergaan is verbasend. Die twee meisies wikkel behoorlik die lyfies en dit lyk of nie een van hulle wil bes gee nie. Smiley stap nader en gaan sit naby die tafel waarop gedans word. Rochelle sien hom met die hoek van haar oog en besluit om hom te ignoreer. Sy teenwoordigheid maak haar egter senuweeagtig en sy verloor konsentrasie en haar balans. Sy probeer haar balans herstel, maar sien hoe sy die aarde gaan tref, en dít gaan darem 'n groot vernedering wees! Smiley sien betyds wat gaan gebeur en vang haar om die lyf voordat sy die grond raak. Rochelle wil haar vinnig loswikkel en net verdwyn. Smiley kon die versoeking net nie weerstaan nie en soen haar.

"Wat dink jy doen jy?" vra sy.

"Wat verwag jy, as 'n man so oulike vangs kry wil hy dankie sê," laat hy hoor terwyl hy met 'n glimlag afkyk in haar oë.

"Los my, jou buffel! Dit is as gevolg van jou dat ek nou die kompetisie verloor het," ruk sy haar los. "Ek is nie een van jou 'one-night stands', soos julle daarna verwys as julle 'n meisie ná vertonings uitvra, nie!"

"Moet jou dan nie soos een gedra en die verkeerde seine uitstuur nie!" antwoord Smiley vererg en stap weg deur die groep mense.

Rochelle kyk verleë na haar vriende wat met verbasing na haar kyk.

"Is jy nou mal?" vra Chanté. "Dit is elke meisie se droom! Hy is blykbaar baie kieskeurig wie hy uitvra, en wat nog van soen!"

"Wel, ek stel nie belang nie en die onderwerp is nou verby en taboe," antwoord Rochelle. Sy begin na die uitgang stap en die ander volg haar. Binne haar wil sy eintlik die oomblik weer koester waar die sterk arms haar so vas gryp en die soen – wat slegs 'n sekonde was – uitrek tot 'n ewigheid. Sy wil nie betrokke raak by 'n kunstenaar nie, want sy weet uit ondervinding sulke verhoudings hou nie lank nie en daarom sal sy hom maar in die stilligheid bewonder eerder as om met 'n gebroke hart saam te lewe.

***

Dit is twee weke later, en Rochelle en haar pa bevind hulle weer voor Dirk se lessenaar. Hy het deur al die dokumente gewerk wat hy kon bekom en het geen ongerymdhede gevind nie. Alles dui daarop dat Rochelle wettig met Ruan Cilliers getroud is. Hoe dit gebeur het sonder dat sy daarvan bewus is, slaan sy verstand te bowe, want hulle handtekeninge is op al die dokumentasie. Dirk begin aan hulle verduidelik hoe hy die ondersoek gedoen het, watter dokumentasie bekom is, en deel hulle dan mee dat niks ongerymd voorkom nie en dat Rochelle wettig toegestem het tot die huwelik. Hy oorhandig die huweliksertifikaat en die ID-dokument van haar sogenaamde eggenoot aan Rochelle. Rickus skuif nader en bekyk ook die foto saam met Rochelle om te sien of die man enigsins aan hulle bekend is. Die huweliksertifikaat dui aan dat hulle al vier jaar getroud is.

"Ek het hierdie man nog nooit gesien nie," antwoord Rochelle.

"Wel, as jy na die datum van uitreiking kyk, is die ID-foto geneem toe hy ongeveer 21 jaar oud was. Die huweliksertifikaat se datum dui aan dat hy 24 jaar oud was toe julle 'getroud' is."

Rochelle bevestig weer dat sy nog nooit in enige vorm of manier tot trou gekom het nie. Sy weet nie of sy moet begin huil of giggel nie, want haar senuwees is klaar en hoe meer hulle probeer uitvind hoe sy in die situasie beland het, hoe meer raak sy bekommerd oor haar visum.

Rickus sien sy dogter is ontsteld en hy glo haar. Hy sit sy hand op hare en gee dit 'n drukkie. Daar moet iewers 'n verduideliking wees hoe haar handtekening op die dokumentasie gekom het.

"Dit is nou 'n gemors. Wat staan ons nou te doen?" vra Rickus.

"Wel, ek dink ons moet kyk of ons die huwelik nietig kan laat verklaar. Voor dit kan gebeur, moet ons die ene Ruan Cilliers opspoor. Soos dit vir my lyk dink ek nie hy is ook enigsins bewus van die huwelik nie.

"Hoekom sê jy so?" vra Rickus.

"Ek het net die gevoel hier is 'n slang in die gras. As hy bewus was dat hy met haar getroud is, hoekom het hy nie met Rochelle kontak gemaak gedurende die afgelope vier jaar nie?" antwoord die advokaat met 'n frons.

"Wat stel u voor?" vra Rochelle.

"Ek dink die beste sal wees om die landdros op te spoor wat hulle getrou het. Dit behoort nie moeilik te wees nie, want daar is nie baie landdroste met die naam Johan van Vollenhoven nie," antwoord Dirk.

"Doen wat jy moet doen, solank ons net hierdie onaangename aangeleentheid kan afhandel. As daardie mannetjie iets onwettigs gedoen het, sal hy met my te doen kry," sê Rickus en slaan 'n vuis in sy hand.

"Ek sal julle op hoogte hou en laat weet as dit nodig is om my weer te kom sien. Anders sal ek julle laat weet wanneer julle in die hof moet wees vir die nietigverklaring van die huwelik."

"Dankie, my vriend. Ons sal in kontak bly en sal die rekening vereffen so spoedig moontlik," groet Rickus.

"Dit is reg so; ons sal die finansiële gedeelte na die saak uitsorteer," antwoord Dirk.

Rochelle voel of sy enige oomblik inmekaar kan stort toe hulle die kantore van die advokaat verlaat. Wat moet haar pa werklik van die hele situasie dink? Hoe het dit gebeur? Sy het haar al suf gedink terwyl sy daar gesit het en nie eens verder gehoor wat bespreek is nie.

Sy en haar pa het in afsonderlike motors gekom omdat sy na die afspraak dadelik terug moet ry Pretoria toe. Dit is haar nagdiensbeurt by die Universiteit van Pretoria se Fakulteit Veeartsenykunde by Onderstepoort. Genadiglik is sy bly, want sy voel so ongemaklik en wil nou net 'n tydjie alleen wees.

"Pappa, ek het nou al hard probeer dink, maar ek weet nie wie dit is nie en ek sou nooit so iets gedoen het sonder Pappa se toestemming nie," praat Rochelle met 'n sagte, benoude stem.

"Moenie jou daaroor bekommer nie my kind, ons sal alles uitsorteer. Ry jy nou veilig terug Pretoria toe en laat weet my as jy daar aankom gekom het," groet hy.

"Dankie Paps, jy is die beste!" groet sy en klim in haar motor.

Rochelle besluit sy gaan nie dat hierdie situasie haar pootjie nie en gaan konsentreer op haar doelwit om by die navorsingspan aan te sluit. Sy glo alles gaan goed afloop. Haar pa sal haar ma inlig oor die situasie sodat sy ook op hoogte is van wat eintlik aan die gang is. Sy kan haar net indink hoe haar ma daarop gaan reageer, maar dit is 'n ander dag se probleem.

Hoofstuk 4

Dit is 'n blou Maandag, en by die landdroskantore in Potchefstroom lyk dit soos 'n stasie, met mense wat in en uit kantore en hoflokale beweeg. Landdros Johan van Vollenhoven is dankbaar sy laaste saak is uiteindelik afgehandel en stap na sy kantoor. Met die tekort aan landdroste en ekstra sake, wonder hy hoe sy sekretaresse die week die administrasie op datum gaan kry. Hy neem hom voor om so gou moontlik aansoek te doen vir nog 'n klerk sodat die las ligter op sy sekretaresse sal wees en sy aandag aan die diktafoon se tikwerk kan gee. Hy is juis besig om die batterye in die diktafoon te sit toe die telefoon lui.

"Dit ook nog!" dink hy vererg.

"Van Vollenhoven," antwoord hy.

"Middag, is dit landdros Johan van Vollenhoven?" kom die stem van die ander kant van die lyn.

"Middag, dit is korrek," antwoord hy.

"Dit is advokaat Dirk Vos van die firma Dirk Vos en Vennote in Bloemfontein," stel Dirk hom oor die telefoon voor.

"Goeiemiddag, Advokaat, hoe kan ek u help?" vra Johan verbaas.

"Noem my sommer Dirk. Ek wil graag 'n afspraak met u maak om 'n saak waarmee ek tans besig is, te bespreek," antwoord Dirk.

"Is dit nodig vir 'n afspraak, of kan ons dit sommer oor die telefoon bespreek?" vra Johan. "Dit is 'n malhuis hier by ons, want daar is 'n tekort aan landdroste om al die sake te hanteer," gaan hy voort.

"Dit is nie 'n aangeleentheid wat ons oor die telefoon kan uitsorteer nie, want ek het dokumentasie wat ek aan u wil toon," antwoord Dirk

"Die kans is baie skraal dat sake van Bloemfontein hier by ons sou hanteer word, en ek is nie bewus van 'n saak wat na die Appèlhof verwys is nie," antwoord Johan met 'n frons op sy voorkop.

"Dit is 'n ou saak, en dit gaan kortliks oor 'n paartjie wat u getrou het so vier jaar gelede. Daar is nou 'n dispuut oor die geldigheid van die huwelik," antwoord Dirk

Johan wonder eers of dit 'n grap is, maar aan Dirk se stemtoon kan hy agterkom dat dit nie die geval is nie.

"Ek kan nie elke huwelik wat ek die afgelope vier jaar gedoen het, onthou nie," antwoord Johan.

"Dit is te verstane, daarom dink ek dit sal beter wees as ek u kan ontmoet en die situasie verduidelik en die nodige dokumentasie toon waar u handtekening op die huweliksertifikaat aangedui word," antwoord Dirk.

"My ouers woon ook in Bloemfontein en ek beplan een of ander tyd om hulle te gaan besoek," antwoord Johan.

"Die aangeleentheid is nogal dringend, want die meisie kan nie haar visum kry voor die saak nie afgehandel is nie," antwoord Dirk.

Johan voel of hy kan skreeu. Wat is vandag aan die gang? Een probleem na die ander!

"Ek sien," sê Johan en loer vinnig in sy dagboek vir die volgende week se bedrywighede. Hy sien hy is Donderdag en Vrydag oop en besluit om dit dan 'n langnaweek na sy ouers te maak en dan kan sy ouers weer die kleinkinders geniet.

"Ek sal volgende Vrydag by u kan uitkom," antwoord hy.

"Dit sal baie waardeer word. Ek sal my sekretaresse vra om die nodige inligting soos ons adres ensovoorts aan u deur te stuur," antwoord Dirk.

"Dit is reg so; groete tot dan," groet Johan en sit die telefoon neer nadat Dirk gegroet het. Hy kyk na die klomp sake in die lêers voor hom en voel nie baie lus om nou daaraan te werk nie, maar hy sal net moet. Hy maak die eerste lêer oop en begin die saak opneem sodat sy sekretaresse die tikwerk kan afhandel. Hy sal sy vrou, Jacorien, skakel, want dit gaan 'n laat nag vir hom wees en gelukkig ken Jacorien sy bedrywige skedule en ondersteun sy hom.

Intussen in Pretoria is die Radio Active-groep besig om by die ouditorium van die Universiteit van Pretoria te oefen vir hul optrede die komende naweek. Orals in die strate sien jy die plakkate van die musiekblyspel wat gaan plaasvind en dat die groep deel gaan wees van die optrede. Smiley is op pad na sy kar om iets te ete te gaan kry vir die groep. Hy is besig om op sy foon te kyk toe hy in iemand vasloop.

"Kyk waar jy loop!" antwoord Rochelle vererg.

Smiley kyk half deur die blare op om te kyk wie nou so kwaad is met hom. Gelukkig het hy nie 'n klap gekry nie.

"'n Mens kyk nie op jou selfoon as jy loop nie," gaan Rochelle verder aan.

"Jammer, jonge dame," antwoord Smiley. "Ek sien nie enige beserings aan jou nie."

Rochelle kyk geskok na die man voor haar.

"Dit is al weer jy!" antwoord Rochelle geïrriteerd.

"Hoe nou?" vra Smiley.

"Jy is die hoofsanger van Radio Active wat meisies mos net soen," kyk sy hom vererg aan.

"Nou toe nou, dat ons nou elke keer mekaar op sulke ongeleë tye ontmoet," antwoord hy sarkasties. "Net nou sien een van die mediamense ons, dan is dit voorbladnuus dat ons 'n geheime paartjie is."

Rochelle kyk hom aan en besluit om eerder niks verder te sê nie. Sy som hom vinnig op en neem sy gelaatstrekke in haar gedagtes op. Voorheen het sy net sy mooi oë onthou. Sy merk op dat hy mooi gevormde lippe het.

"Het jy jou tong verloor?" vra Smiley.

"Nee, ek probeer net te kyk waarheen ek kan vlug sonder om jou weer raak te loop," antwoord sy en stap verder. Smiley kan nie glo dit sy bokkie-oë-meisie hier voor hom staan nie! Hoe toevallig is dit dat hulle nou al twee keer met mekaar te doen gehad het en sy hom elke keer ontduik.

"Haai, jy kan nie net wegloop nie! Wanneer gaan ons bietjie uit sodat ons mekaar beter kan leer ken?" roep hy agterna.

"'n Haai bly in die see," antwoord Rochelle en stap net aan. Sy is nie nou lus om betrokke te raak in 'n gesprek nie en sy is nog minder lus om hom beter te leer ken. Sy het hom nie eers sy naam gevra nie en gelukkig weet hy ook nie wie sy is nie. Sy het genoeg dinge om haar mee besig te hou en dan moet sy nog die visumaansoek ook uitsorteer.

"Tot weersiens, my bokkie-meisie!" skreeu Smiley agterna.

Soos belowe sit Johan 'n week later voor Dirk met die nodige dokumentasie. Nadat hy deur alles gekyk het, praat hy: "Ruan Cilliers is een van my studentevriende, maar ek kan nie die meisie plaas nie. Hoe dit gekom het dat ek hulle in die huwelik bevestig het, lui geen klokkie op die oomblik nie. Sover ek weet, het Ruan klaar gestudeer en het hy by een of ander sanggroep aangesluit, en hulle toer die hele wêreld vol. Hy was nog nooit in 'n vaste verhouding sover ek weet nie, wat nog te sê getroud."

"Wel, jy weet dit is onwettig om iemand te trou wat dalk nie werklik daar is nie," antwoord Dirk.

"Ek ken die wet; ek kan nie nou dink dat ek daarby betrokke sou gewees het nie, en ek was daardie tyd net klaar met my studies en het pas begin as landdros," antwoord Johan. "Ek trou baie paartjies, maar as jy 'n vriend trou behoort jy tog die troue te onthou?"

"Ons sal vinnig die situasie moet ontlont, want die meisie wil oorsee gaan en ons kan nie haar loopbaan verongeluk nie. Ek dink ook nie jy wil met 'n hofsaak sit wat jou naam deur die modder kan sleep en jou posisie in gedrang kan plaas nie," antwoord Dirk en kyk op sy horlosie.

"Ja, dit kan nogal in 'n gemors ontaard," antwoord Johan met 'n bekommerde uitdrukking op sy gesig. Hy het hard aan sy loopbaan gewerk om tot hier te kom en so 'n onnodige insident sal alles waarvoor hy gewerk het in die water gooi, om nie te praat daarvan dat hy van die rol geskrap kan word nie. Hy wil nie eens daaraan dink nie.

"Ek sien dit is al etenstyd; is jy nie lus om iets saam my te gaan eet nie, dan bespreek ons die aangeleentheid verder," vra Dirk.

"Daar is niks wat ek nou aan het nie. Ek sal graag iets gaan eet," antwoord Johan.

Dirk neem Johan na 'n oulike klein kuierplekkie waar baie sakemanne gaan eet – 'n tipe pub lunch. Terwyl hulle vir hulle kos wag, gesels hulle oor alles en nog wat. Die gesprek gaan later oor hoe elkeen sy spesifieke beroep gekies het en hoe hulle tans hul beroep ervaar en of dit nog oor die liefde vir die werk gaan of oor finansies. Intussen word hulle kos aan hulle bedien en gesels hulle ook oor komiese werksituasies. Johan praat oor sy studentedae en eerste dae as landdros. Dan is dit of iemand Johan met koue water gooi en hy ewe skielik wakker skrik.

"Ek dink ek weet waar die troue vandaan kom," antwoord hy.

"Vertel, ek luister," Dirk leun vorentoe.

Johan begin die prentjie skep. Dit was Maartmaand en jooltyd. Die oggend was die vlotoptog deur die strate van Sunnyside en daar het die studente al lekker aan die kuier geraak. Die aand is gekenmerk deur die eerstejaartjies se ontgroening wat ten einde geloop het. Die seniors het gewoonlik dan 'n onmoontlike opdrag aan die eerstejaars gegee voor hulle van die ontgroening onthef was. Dit was net om snaaks te wees en die laaste poging om die spanning tot die uiterste te verhoog. Die dreigemente van die seniors as die taak nie afgehandel word nie, was dat hulle nog verdere ontgroening sal ondergaan. Dit was egter maar net gemaak om meer pret uit die situasie te kry. Die seniors het geweet dat hulle teen 12 uur die aand die eerstejaars "vry" gaan laat, al voer hulle die taak uit of nie. Die taak wat daardie dag voorgestel is was dat elke eerstejaar 'n senior moes vra as huweliksmaat.

"Dit klink soos regte studentepret!" lag Dirk as hy dink aan wat hulle alles aangevang het.

Johan skets vir Dirk die toneel wat daardie spesifieke aand afspeel het asook waar hy in die prentjie pas ...

"Voor julle van julle ontgroening onthef kan word, moet julle eerstejaartjies 'n senior vra om te trou. Indien jul nie suksesvol is nie, sal jul vir nóg 'n week ontgroen word," het die leier van die ontgroeningskomitee afgekondig.

Angsbevange het die eerstejaars rondgeskarrel om die geskikte kandidaat te soek. Daar was een meisie wat op Ruan besluit het. Sy moes die deurmekaar-gekuierde senior raakgesien het en besluit het hy is haar teiken. Ek kan onthou hy het haar gemaak op haar knieë staan om die ja-woord te vra. Sy het hom behoorlik gesmeek. Ek kan haar nie baie goed onthou nie, maar weet dit was 'n donkerkop.

"Soos ek Ruan ken, sou hy nie 'n maklike kandidaat gewees het nie," verduidelik Johan en gaan aan met sy verduideliking.

"Ruan was so lekker op 'n stasie en moes mooi korrel om die meisie te bekyk. Hy het gedink sy is pragtig en baie braaf om hom te kies. Ruan het gedink dat sy seker nog nooit van al sy eskapades gehoor het nie en het haar op en af bekyk. Die arme meisiekind het seker gevoel soos 'n skouperd en moes wag dat hy haar klaar bekyk en 'n besluit maak. Dit is toe dat Ruan besluit het hy gaan haar siel uittrek sodat sy vir altyd aan hierdie dag sal dink. Hy wou beslis nie so maklik die 'strop' om sy nek kry nie. Ruan het aangedring op 'n werklike seremonie, anders sou hy nie trou nie. Ek kan onthou die meisie was baie naïef en ek dink nie sy was lus om weer iemand te gaan soek nie en het ingestem solank sy net haar ontgroening agter die rug kon kry. Dit is toe dat Ruan vir my nadertrek en daarop aandring dat ek hom en die meisie moet trou, nogal met 'n gevolg.

Ek kan nog duidelik onthou hoe sy vir hom gesê dat dit nie nodig is vir 'n regte troue nie," lag Johan. "Ruan moes net 'ja' sê en die briefie teken, dan is sy weg en klaar met die ontgroening. Maar Ruan wou niks weet nie en het gesê: 'Wel, ek wil 'n seremonie hê, anders moet jy maar iemand anders soek.' Die meisiekind het dus maar ingestem, want sonder 'n man sou sy nog 'n week ontgroen moes word en sy wou haar aandag meer op haar studies begin fokus. Ruan het my nader geroep en aangedui dat hy wil hê dat ek hom moes trou aangesien ek nou 'n junior landdros was. Ruan het met sy kop na die meisie gewys en vir my geknipoog en ek het dadelik besef wat my vriend ingedagte het.

Terwyl die meisie wegstap, het hy agterna geroep: 'Kry vir jou strooimeisies en lyk meer skaflik en jy het 20 minute dan is jy hier.'

Ek is seker die meisie het net 'n paar meisies wat klaar hulle taak voltooi het, nadergetrek om as strooimeisies vir haar op te tree. Die feit dat dit soos 'n regte troue met strooimeisies en 'n gevolg gaan wees, het na nog meer pret geklink."

Johan vertel verder dat hy so gekoring was en dat hy pas klaar gestudeer was. Hy het so twee maande terug begin as junior landdros, en het besluit hy gaan dit sommer ernstig benader en sommer oefen om sy eerste huwelik te voltrek. Hy het onthou al die huweliksbevestigings se nodige dokumentasie was in sy kar, want hy was op pad Potchefstroom toe om vir 'n ander landdros in te staan vir die volgende maand. Hy het daar en dan besluit om sy aktetas te gaan haal. Intussen het die bruid en haar gevolg gereed gemaak om na die "kansel" te stap waar Ruan haar ingewag het. Die huwelikbevestiging was kort en kragtig en was vinnig afgehandel. Hulle het die register en 'n papier geteken sodat die meisie 'n bewys het dat haar taak uitgevoer was om te trou soos van haar verwag is om uit verdere ontgroening te ontsnap.

"My voorneme was om die volgende oggend die dokumentasie te vernietig sodat dit nie in verkeerde hande beland nie. Na die verrigtinge wou Ruan nog bruilof hou, maar die meisies het hulle uit die voete gemaak en ons pelle het die bruilof op ons eie gevier. Omdat dit so 'n laat aand geword het, het ek die Sondag oorgebly om my roes af te slaap en eers die Maandagoggend vroeg vertrek na Potchefstroom."

Johan vertel verder dat hy die Maandagoggend by die landdroskantore ingestap het en al die dokumente wat hy van Pretoria se landdroskantore saamgebring het, op die administratiewe beampte se tafel neergesit het.

Sy moes dit uitsoek en na die nodige afdelings deurstuur. Hy het op daardie oomblik vergeet van die dokumentasie van Ruan en sy bruid. Dit moes vernietig gewees het voor hy daar aangekom het. Die dag het meer van hom vereis as net 'n paar troues en dit het hom heeltemal ontgaan. Hy het later die middag sy aktetas gesien en dit het hom toe getref dat hy nog nie die huweliksdokumente vernietig het nie. Toe hy nie die dokumente in sy aktetas kon opspoor nie, het hy navraag by die administratiewe kantoor gedoen waar hy die dokumente die oggend neergesit het. Daar is hy meegedeel dat dit deurgestuur is na Binnelandse Sake se kantore soos die prosedure is.

"Ek was redelik geskok en het onderneem om gou na Binnelandse Sake oor te stap en die dokumentasie te onderskep. Die hooflanddros het my egter in die gang gekry en my meegedeel dat ek 'n saak sal moet waarneem, want die landdros vir die saak het 'n noodgeval waaraan hy aandag moet gee. Ek het gedink om die volgende oggend vroeg na Binnelandse Sake te gaan sodra hul oopmaak en dan die dokumente te gaan uitsorteer. My gedagtes was egter heelaand by die saak wat ek moes behartig en het die onderskepping van die dokumente my heeltemal ontgaan," vertel Johan.

"Dit is nou 'n tameletjie," antwoord Dirk. "Dit is seker hoekom Rochelle ook nie kan onthou nie, want sy was so besig met haar studies, dat sy haar nie weer aan die onbenulligheде gesteur het nie."

"Beslis, en nou val dit my na al die jare weer eers by van die dokumentasie," antwoord Johan.

"Ons sal 'n storie bymekaar moet kry om die hof te oortuig die twee het getrou het as deel van studentepret sonder dat hulle werklik bewus was dit is 'n regte huweliksbevestiging," antwoord Dirk.

"Waar laat dit my?" vra Johan.

"Ek is seker ons sal iets kan uitwerk sodat niemand in die proses seerkry of benadeel word nie. Jy sal vir Ruan Cilliers moet kontak om my te kom sien sodat ons hierdie saak afgehandel kan kry," antwoord Dirk.

"Sodra ek met Ruan gesels het, sal ek dadelik kontak maak," onderneem Johan en groet.

Op pad terug na sy ouers se huis waar sy gesin vir hom wag, is Johan se gedagtes by die simpel fout wat hy gemaak het. Ruan gaan hom afslag! Hy kan egter nou niks aan die saak doen nie en besluit om hom af te sluit van al die sake en probleme wat die afgelope weke so baie van sy tyd opgeneem het en net te ontspan saam sy ouers en gesin. Terwyl hy met die oprit inry, sien hy sy vrou en ouers op die voorstoep sit. Sy tweejarige seuntjie kom na hom aangedraf met beentjies wat net nie vinniger wil gaan nie. Johan gryp hom betyds voor hy val en druk die lyfie teen hom vas. Hy sal niks in die wêreld verruil vir die getroude lewe en sy twee kindertjies nie. Hy gooi sy seuntjie in die lug en vergete is al die werk.

Hoofstuk 5

Gedurende die week kry Johan tyd om vir Ruan te skakel en 'n afspraak te reël. Dit het hom twee oproepe geneem voordat Ruan antwoord.

"Hallo, my maat! Ek gaan jou begin geld vra omdat jy nie jou telefoon antwoord nie," raas-groet Johan.

"Ja, vreemdeling, waaraan het ek hierdie oproep te danke?" groet Ruan verbaas.

"Ek wil jou graag sien, jy is deesdae so skaars," antwoord Johan.

"Ons tree op in Pretoria die naweek en gaan Woensdagaand 'n oefensessie insit by die teater. As jy lus het, kom maak 'n draai en dan kan jy sommer jou opinie gee," nooi Ruan.

"Dit klink interessant; dan kan ons sommer daarna iets te ete gaan kry," antwoord Johan belangstellend.

"Dit sal lekker wees! Dan kan ons weer bietjie opvang," sê Ruan.

"Ek sien jou dan! Dit gaan wonderlik wees om jou weer te sien," groet Johan.

Soos afgespreek ontmoet Ruan en Johan mekaar by die plek waar hulle oefen. Johan sit deur die repetisies en wag geduldig vir die groep om 'n ruskans te neem vir 'n laat middagete. Hy is trots op sy vriend dat hy deel van die Radio Active-sanggroep is. Ruan staan bekend as "Smiley" en Johan moet partykeer onthou sy vriend is eintlik Ruan en nie Smiley nie. Dit is heeltemal iets anders om te sien hoe die verskillende groepe aan die repetisies deelneem en watter harde werk daarin gaan voor die groot optredes. Ruan kom te voorskyn en vertel hom van die nuwe restaurant wat daar naby oopgemaak het. Dit is in die studentegedeelte geleë wat dit nogal raserig en bedrywig maak. Hulle kry 'n plekkie agter in die restaurant wat afgesonder is en bestel solank drinkgoed. Nadat die kelner die drankies neergesit het, bestel hul iets om te eet en begin gesels oor hulle studentedae, en waarheen hulle lewe gevorder het vandat hulle mekaar laas gesien het. Johan besluit om die rede hoekom hy hier is aan te roer.

"Jong, ek gaan sommer met die deur in die huis val. Die rede hoekom ek hier is gaan oor dinge wat ons in ons studentedae aangevang het en nou geboemerang het."

"Hoe nou?" vra Ruan uit die veld geslaan.

"Ek weet nie of jy nog kan onthou van die eerstejaartjie wat met haar ontgroening met jou 'getrou' het nie?" vra Johan.

"Ja, die stil stemmige enetjie. Dit was nogal 'n ding en baie prettig. Van die ouens het skoon weggekruip vir sommige van die meisies!" lag Ruan.

"Kan jy nog die troue onthou?" vra Johan.

"Vaagweg lui daar 'n klokkie, want ek het nooit ingestem nie behalwe die een keer, want sy was een van die mooiste meisies en in 'n ander klas as die ander meisies," lag Ruan. "Baie doelgerig en nie lus vir die ontgroening nie. Ek kon dit nie oor my hart kry om vir haar nee te sê nie en het my eerste werklike 'troue' in my laaste jaar toegelaat."

"Jy was lekker gekoring en toe word ek sommer nadergetrek om dit na 'n werklike troue te laat lyk," verduidelik Johan.

"Jy was maar net so lekker gekuier!" lag Ruan kliphard.

"Wel, julle is toe per ongeluk werklik deur my getrou," antwoord Johan versigtig.

"Wat!" skree Ruan amper te hard. "Hoe kon jy so onverskillig wees?"

"Sagter, ons wil nie hê die hele restaurant moet hiervan weet nie," probeer Johan hom kalmeer.

"Jy kan maklik praat; ek is die een wat nou met 'n vrou sit wat ek van geen kant af ken nie! Sy kan nou al 'n ma wees met 'n buite-egtelik kind, of verslaaf wees aan iets, of wat ook al," praat hy half hard, geïrriteerd en geskok.

"Ek sal nou nie weet nie, maar wat ek wél weet is dat sy nie 'n verslaafde is nie en ook nie kinders het nie. Sy is besig met navorsing vir haar graadstudie en is gekies om Amerika toe te gaan as deel van 'n navorsingspan. Sy is blykbaar besonders slim. Sy het uitgevind sy is met jou getroud toe sy vir haar visum gaan aansoek doen het. Sy het jou handtekening nodig om uit die land te kan gaan anders verloor sy die kontrak."

"Dit is nie my probleem nie! Jy moet dit maar uitsorteer en sorg dat die huwelik nietig verklaar word. Dit is tog alles jou skuld. Miskien is dit nog sy en een van haar maats wat die dokument ingestuur het om my te vang," antwoord Ruan vererg.

"Jy kan nie sulke wilde aantygings maak nie; en ek is die skuldige wat die dokumente nie uitgehaal het nie," antwoord Johan. "My loopbaan is op die spel en jy sal saam my Bloemfontein toe moet gaan sodat ons by haar advokaat die nodige dokumentasie kan teken om die huwelik nietig te verklaar.

Ruan sug en vat 'n sluk van sy koeldrank. Hy dink hy moes eerder nou 'n bottel wyn gehad het, maar voor hulle optredes mag hulle nie drink nie.

"Ek is nie baie lus nie, maar omdat jy my vriend is en ek weet jou bedoelings is gewoonlik opreg sal ek jou laat weet wanneer ek daar kan uitkom," antwoord Ruan onwillig.

"Ek sal jou baie dank verskuldig wees," antwoord Johan verlig.

"Ek sal hoor by die groep of ek tussen hierdie en Durban se optredes gou 'n dag kan afvlieg Bloemfontein toe vanwaar ek weer by hulle in Durban sal aansluit," antwoord hy.

"Laat weet my en ek sal saam jou deur hierdie ding gaan, want dit is eintlik ek wat jou in die gemors laat beland het en ek wil seker maak niemand doen jou in nie," verduidelik Johan versigtig.

"Dit is reg my maat. Jy het my al baie keer uit die gemors gehelp," antwoord Ruan.

Hulle kuier nog 'n ruk saam en Ruan verskoon hom om te gaan klaarmaak vir die aand se optrede. Hy hoop die skok was nie so groot dat hy sy woorde vergeet het nie. Johan besluit hy gaan nie die aand se vertoning bywoon nie en eerder terugry Potchefstroom toe.

Rochelle voel uitgeput van al die besoeke aan advokaat Vos. Haar pa het aangedring dat sy elke keer vlieg, want hy voel meer gerus oor haar veiligheid as wanneer sy tyd op die pad moet spandeer. Sy en haar pa sit juis nou in die wagkamer en wag. Sy is nie lus om 'n boek te lees nie en bekyk die mense wat inkom. Die volgende oomblik stap twee mans binne. Sy herken die man met die baard onmiddellik as die man wat haar gehelp het om haar motorband om te ruil. Dit voel of hy haar hart kan hoor klop en sy moet haar net inhou om hom nie te groet nie. Netnou dink hy sy volg hom of het weer een of ander probleem waarmee hy haar wil help. Sy wonder of hy haar sal onthou.

Die ontvangsdame oorhandig aan hulle ook die nodige dokumentasie wat ingevul moet word. Die man met die baardgesig, soos Rochelle hom nou al gedoop het, kyk vinnig rond en sien vir Rochelle. Hy kyk weg en weer vir haar – iewers het hy hierdie meisie gesien, maar hy kan dit net nie nou plaas nie. Iets aan haar maak haar anders as ander meisies. Terwyl sy vriend besig is om deur die dokumentasie te blaai, neem hy 'n tydskrif om deur te blaai en besef dan waar hy haar voorheen gesien het. Dit is sy bokkie-oë meisie! Hoe is dit dat hulle mekaar heeltyd raakloop? Dit het begin by die ambassade waar sy net soos 'n bokkie weggevlug het en ook by die universiteit waar sy in hom vasgeloop het. Hy het darem 'n soen ingekry by die KKNK! Ruan het sy baard laat groei vir die winter en dit is ou al redelik welig. Dit is ook vir hom meer gerieflik, want dan erken die meisies hom nie so gou nie en kan hy in vrede uitgaan. Hy gaan sit langs Johan, wat intussen 'n sitplek uitgesoek het nadat hy die vorms teruggegee het. Ruan maak of hy haar nie herken het nie, want netnou dink sy hy volg haar. Dit is nou per toeval dat hulle by dieselfde advokaat – nogal in Bloemfontein – te lande gekom het! Hy neem aan sy is hier saam met haar pa vir sy besigheid. Wat is dit met hom dat die meisiekind nie uit sy gedagtes kan kom nie? Hier sit sy wragtig weer hier naby hom. Hy dink sy sal ineenstort as sy weet wie hy eintlik is en hy wil dit haar tog spaar. Hy wil amper hardop lag as hy aan al hul ontmoetings dink en dat dit elke keer in ongewone omstandighede is.

"Meneer Prinsloo, u kan maar deurgaan," roep die ontvangsdame.

"Baie dankie," antwoord Rickus. Hy en Rochelle stap deur na die advokaat.

Dirk Vos staan op agter sy lessenaar toe hulle instap. Hy groet haar pa met 'n handdruk en glimlag in haar rigting.

"Ons maak goeie vordering met die saak," begin Dirk. "Ek het die landdros opgespoor en hy was hier by my kantoor en die hele storie het toe ontvou," verduidelik Dirk heel opgewonde.

"Vertel laat ons hoor!" antwoord Rickus angstig. Dirk som vir hulle die hele situasie op en verduidelik ook hoe die gemors ontstaan het. Rochelle voel of die aarde haar kan insluk. Hoe het sy totaal en al van die "trouery" vergeet? Die ou was so arrogant met lang hare en sulke strepe tussenin dat sy hom tot vandag toe nie sal herken nie. Wat as hy nie instem nie, dan sit sy met hom. Hoe grillerig kan dit nie wees nie?

"Kan jy dit nou herroep, Rochelle?" hoor sy Dirk vra.

"Ja, ek onthou nou, maar dit was net studentepret", reageer sy ingedagte. "Hoe het dit wettig geraak?"

Advokaat Dirk vertel hulle van die landdros en hoe hy probeer het om die dokumentasie te probeer opspoor en betyds te vernietig, wat toe nie die geval was nie.

"Wat nou in 'n groot gemors opgeëindig het!" antwoord haar pa. "Hoe gaan ons die probleem uitsorteer?"

"Wel, hy is net so geskok om te hoor hy is eintlik getroud. Ek het intussen 'n dokument laat opstel waarin haar 'eggenoot' haar toestemming gee om in die buiteland te kan werk en ook vergunning by die Amerikaanse ambassade kan kry om haar visum spoedig uit te reik sodat sy nie opgehou word deur die proses nie," antwoord Dirk.

"Wat 'n verligting", sug Rochelle.

"Wel, kom ons hoor of die mense al hier is sodat ons die aangeleentheid kan afhandel.

Dirk vra sy ontvangsdame of die landdros en sy kliënt al opgedaag het en om hulle deur te stuur. Rochelle dink sy gaan flou word toe die twee manne instap. Baardman en sy verteenwoordiger stap Dirk se kantoor binne.

Wie is nou eintlik Ruan van die twee? wonder sy, en hou amper haar asem op.

"Laat ek julle voorstel: dit is landdros Johan van Vollenhoven en dit is meneer Ruan Cilliers. Aan hierdie kant is dokter Prinsloo en sy dogter Rochelle," stel hy hulle almal aan mekaar voor.

Ruan kyk na Rochelle en kan nie glo dit is die meisie met wie hy eintlik getroud is nie, want hy kan haar glad nie onthou van sy studentedae af nie. Hy was in elk geval so gekoring daardie dag dat die besonderhede feitlik uit sy geheue gewis was.

"Is dit nou geluk of die noodlot dat hulle paaie so kruis?" wonder Ruan by homself.

Dirk verduidelik aan Johan en Ruan dat hy reeds alles aan Rochelle en haar pa verduidelik het en dat hulle die dokumentasie kan afhandel.

"As dit in orde is, kan ons die papierwerk agter die rug kry sodat die saak so gou as moontlik voor die hof verskyn, want my kliënt, mejuffrou Prinsloo, het nie baie tyd oor om vir haar visum aansoek te doen nie en sy moet oor 'n maand in Amerika wees," sê Dirk.

Dirk oorhandig die nodige dokumentasie aan Johan, wat dit deurgaan. Rochelle voel soos 'n lyk waar sy daar sit: yskoud en stokstyf. In haar gedagtes praat sy met haarself en som die situasie waarin sy is op. Dat sy nou moes uitvind dat Ruan, die voor op die wa hoofsanger van die Radio Active-sanggroep wat haar nommer wou hê en haar gesoen het, al die tyd haar "man" is. Al lyk die situasie hoe ongewoon, is sy nogal trots op haar keuse. Nie te sleg nie, maar as sy dink na al hulle gesprekke die afgelope tyd voor die ambassade, by die KKNK en die universiteit, dan besef sy hy is nou rustig en kalm en nie so arrogant nie. Dankie Vader daar is 'n kans om uit hierdie situasie te kom, want 'n man met 'n gesplete persoonlikheid wil sy ook nou nie hê nie!

Ruan loer onderlangs na Rochelle se pa en kan sommer sien dat jy nie met hierdie oom "skoonpa" sukkel nie. Hy het ligte lagplooitjies om sy mond. Hy wonder hoe die oom regtig gereageer het oor hierdie aangeleentheid? Hy kyk weer in Rochelle se rigting en besef sy is die tipe vrou waarna hy nog altyd gesoek het, net jammer sy is so 'n bedorwe brokkie wat aan haar pappie se rokpante hang, want dit is nie 'n huwelik waarin hy hom sou begewe nie. Hy is dankbaar hulle kan die situasie uitsorteer en elkeen met hulle lewens aangaan.

Johan bring hom terug na die hede wanneer hy aan hom raak en verduidelik: "Dit lyk alles vir my in orde, Ruan." Johan praat verder en vertel dat die dokumentasie die aansoek is om die huwelik ter syde te stel. Die beëdigde verklarings deur beide partye, wat as bewys gaan dien dat hulle glad nie vandat hulle "getroud" was saam onder een dak gewoon het nie, en sodoende nie in 'n normale huweliksverhouding was nie, moet deur albei onderteken word.

"Hier is die dokument waar jy mevrou Cilliers toestemming gee om haar studies oorsee voort te kan sit, indien die aansoek langer neem, want hofsake kan lank neem en as die hofrol vol is staan dit oor na die volgende sessie. Jy kan dit teken en dan is dit afgehandel," verduidelik Johan verder aan Ruan.

Ruan loer onderlangs na Rochelle en haar pa. Hy voel nie gemaklik met die oom hier rond nie en sal graag nog vir tyd wil speel net om Rochelle eers alleen te kan ontmoet sodat hulle rustig kan praat op hulle eie oor alles wat nou hier aangaan.

"Alles is op die oomblik te vinnig vir my om in te neem. As dit moontlik is, wil ek net eers weer die dokumentasie saam met my vriend, landdros Van Vollenhoven, deurgaan. Kan ons dit teen Maandag aan julle terugbesorg?" vra hy.

"Die tyd raak min vir my dogter om alles in orde te kry en ek neem aan julle weet dat nie enige een van julle nou in so onaangename situasie wil wees nie, wat nog te sê in 'n gedwonge huwelik, antwoord Rickus vererg. Die mannetjie hou hom verniet so onnosel en hy soek beslis nie hom as skoonseun nie. Hoe gouer hy uit hulle lewens verdwyn, hoe beter vir almal.

Johan belowe om die nodige dokumentasie so spoedig as moontlik saam met Smiley af te handel en deur te stuur. Dit sal elkeen weer "vrymaak" om met hulle lewens en onderskeie loopbane voort te gaan. Rochelle en haar pa staan op en groet. Terwyl hulle aanstap na hulle motor praat, Rickus met Rochelle:

"Daardie mannetjie is baie voor op die wa en ek hoop ek hoef hom nooit weer te sien nie."

"Glo my, ek ook nie; ek is só naby daaraan om hom te vermoor!" antwoord sy. "Dit is eintlik die landdros se skuld dat ons in die situasie sit."

"Wel, my kind, dit is nou gedane sake en gelukkig was daar geen ander ongerymdhede betrokke nie en kan jy met 'n skoon gewete met jou lewe aangaan."

Rochelle bloos liggies, want dit is nou nie 'n gesprek wat sy met haar pa wil voer nie. As haar pa maar weet watter uitwerking hierdie man op haar het! Sy ken hom nie, maar elke keer as hulle kontak het, voel dit of haar hart wil gaan staan en sy kry nie 'n woord uit nie. Vir die eerste keer in haar lewe kan sy haar eie gevoelens en reaksie nie peil nie. Sy is woedend oor die omstandighede, maar haar hart gaan op 'n galop elke keer as sy aan Ruan dink – haar baardman – en sy sien kort-kort sy gesig in haar gedagtes wanneer sy dit die minste verwag. Sy moet so gou moontlik alles agtermekaar kry om Amerika toe te gaan. Niks gaan haar keer om hierdie geleentheid 'n werklikheid te maak nie.

Intussen het Johan vir Ruan by die lughawe afgelaai om sy vlug na Durban te haal. Johan moet nog terugry Potchefstroom toe. Hy is net verlig dat die situasie uitgesorteer gaan word en hoop die regter wat die saak aanhoor sien bietjie humor daarin, anders het hy wat Johan is probleme. Ruan groet en stap die lughawegebou binne. Sy vlug word al aangekondig en hy beweeg vinnig na die genoemde hek. Hy oorhandig sy kaartjie en stap dan na die vliegtuig om op te klim. Hy neem sy sitplek in en nadat hy hom vasgespe het, wag hy dat dit moet vertrek. Gelukkig sal dit saam die wag en opstyg ongeveer 'n uur en 'n half wees voordat hulle in Durban sal land en dit maak dat hy nog 'n slapie sal inkry. Hy is dankbaar mense herken hom nie, maar sal voor die vertoning wel sy baard moet gaan afskeer omdat sy groeplede hom mooi gevra het. Dit is al redelik skemer en die sonsondergang lyk pragtig. Ruan voel hoe die vliegtuig begin beweeg na die aanloopbaan. Vir 'n wyle stop dit en dan begin die wiele dreun soos dit begin spoed vang om op te styg. Dit is vir Ruan 'n belewenis as die wiele die aarde verlaat en hulle die lug in vlieg. Dit voel vir hom asof hy se verlede agter hom laat soos hul verder die lug in opgaan.

Hy sien meteens die bokkie-oë voor hom, die frons op haar voorkop soos sy hom probeer eien, en 'n seer trekkie op haar gesig toe hy nie dadelik die dokumente wou teken nie. Hy besef dat hy elke emosie of houding van haar onbewustelik opneem en dit laat hom skielik beangs. Elke gelaatstrek en uitdrukking kan hy presies onthou. Omdat hy nog altyd net in die bondel gevry het en dit hom half beskerm het teen 'n ernstige verhouding, is hy nie gewoond daaraan om so gefokus op 'n meisie te wees nie. Is dit omdat sy onwetend eintlik sy vrou is en die beskermingsgevoel klaar intree? Hy was nog nooit onbeleefd met mense nie, maar elke keer as hulle kontak het, tree hy aanvallend teenoor haar op. Hul sê mos aanval is die beste verweer. Hy praat so in sy gedagtes met homself dat hy nie aan die slaap kan raak nie.

Wat was die rede dat hy nie dadelik wou teken nie? Was hy bang sy sien die teleurstelling in sy oë omdat hy besef het sy bokkie-meisie was binne sy bereik en hy het haar deur sy vingers laat glip? wonder Ruan. Moes hy nie maar geteken het nie? Dit sou hom in elk geval niks in die sak gebring het nie; net 'n ongelukkige getroude vrou wie se drome aan skerwe lê. Hy wou net haar vir homself behou en aan homself bewys dat hulle vir mekaar bedoel is. Dit sal mos nog 'n groter gemors wees as hul nie vir mekaar bedoel is nie.

Hoekom dwaal jou gedagtes so baie oor hierdie situasie? praat Ruan weer innerlik met homself. Jy kan mos vir Johan vra om jou oor die naweek in Durban te ontmoet en die dokumente saam te bring.

Johan en sy gesin kom juis Sondag deur vir 'n kort middel-van-die-week-wegbreek en dan kan hy hom vlugtig sien en alles afhandel. "Die res is net 'n formaliteit dan is alles verby en elkeen kan met hulle lewens aangaan en die kanse is skraal dat hulle mekaar weer sal ontmoet," troos-praat hy met homself.

Ruan raak aan die slaap en word eers wakker toe hy die vliegtuig se wiele voel ruk op die aanloopbaan in Durban. Hy wag tot almal klaar uitbeweeg voor hy opstaan en die vliegtuig verlaat. Hy voel verlig dat niemand hom herken het op die vliegtuig nie, want hy is nie nou lus vir aanhangers nie. By die ontvangslokaal wag Gerald, een van die kitaarspelers in die groep, hom in.

"Hallo, verlore seun!" roep Gerald. "Hoe was die vlug?"

Ruan merk nou eers die onweer op. Hy het so vas geslaap dat hy nie eens besef het hulle het in donderweer gevlieg nie.

"Haai daar," groet hy terug. "Nee wat, ek het soos 'n baba geslaap en eers wakker geskrik toe die vliegtuig land," antwoord hy.

"Lyk my daardie meisiekind uit jou verlede het jou baie slaaplose nagte gegee. G'n wonder dat jy ingesluimer het nie. Jy is gewoonlik die een wat nie in 'n vliegtuig kan slaap nie en wat nog te sê van die weerligstrale waarvoor jy so bang is," spot Gerald.

"Ag toe nou, sy het niks daarmee te doen gehad nie en buitendien gee ek glad nie om wat van haar word en waarheen sy verdwyn nie," antwoord Ruan vererg.

Gerald gee hom net 'n onderlangse kyk en besluit om die onderwerp eerder net daar te los. Hy ken sy vriend van laerskool af en weet wanneer om nie verder te praat nie. Nadat hulle Ruan se bagasie gekry het, vertrek hulle na die hotel waar hulle tuisgaan. Ruan deel 'n kamer met Gerald en is dankbaar daarvoor. Hy hou baie van die ander lede, maar Gerald ken hom die beste en weet wanneer hy nie in die bui is vir geselskap nie. Gerald los hom in die kamer om sy goed uit te pak en vra hom om later by hulle aan te sluit vir aandete.

Ruan stap later die trappe af na die restaurant en sien die groepie saam sit. Hy dink weereens hoe bevoorreg hy is om deel van die groep te wees en dat hulle almal so goed oor die weg kom en vir mekaar respek het. Hy weet waar hulle ook al gaan toer sal hy veilig voel saam met hulle. Die aandete verloop rustig en die komende oorsese toer word bespreek. Dit sal Radio Active se eerste oorsese toer wees en hulle kan nie wag nie. Dit is baie laat wanneer hulle gaan inkruip.

Die volgende oggend is Jacques, hulle groepleier, vroeg op en jaag die manne aan.

"Kom, kom, opstaan, ons afspraak is tien uur en ons moet nog ontbyt ook inkry."

"Jy dink ook altyd eerste aan kos. Laat ons nog net vir so 'n paar minute sluimer," kla Charl vakerig.

"Nee, ons het nog baie om te bespreek voor ons vir Gunter gaan sien oor die komende toer," antwoord Jacques.

"Jy kan mos al die praatwerk doen. Ons sal net saamstem," praat Ivan terwyl hy opstaan en hom uitstrek.

"Jy is mos die groepleier, jy kan mos namens ons die vergadering bywoon," antwoord Gerald.

"Hou op kla. Wat gaan julle doen gedurende die toer? Ek gee julle tien minute dan is julle by die ontbyttafel," antwoord Jacques terwyl hy uitstap.

Na ontbyt neem die bespreekte Uber-taxi hulle na Gunter de Lange se ateljee. Gunter is 'n bekende sanger in Suid-Afrika, maar het ook al sukses in die buiteland behaal en is baie in aanvraag, veral in Amerika. Hy en sy gesin het hulle in Ballito gevestig wat vir hulle 'n rustiger omgewing as Gauteng is. Die kantore is naby Ballito in 'n winkelkompleks geleë. Dit sluit in 'n ateljee wat ontwerp is van baie glas en die groen leefstyl is in ag geneem. Daar is selfs sonpanele op die dak. Wanneer jy die kantore binnestap is dit baie nuwerwets en ruim. Die ontvangsarea is ook verkoel en die mure en meubels is kleurvol en modern. Smiley, alias Ruan, wonder wie die ontwerp en versierings gedoen het. Dit is baie smaakvol en kan altyd handig te pas kom as hulle ook so opgang maak en hulle eie ateljee kan bekostig. Die ontvangsdame groet hulle en druk die knoppie om Gunter te laat weet hulle het gearriveer. Met die bevestiging dat hulle kan deurstap, volg hulle die ontvangsdame na Gunter se kantoor. Dit is vir die groep 'n groot oomblik om persoonlik uitgenooi te word deur Gunter de Lange, die hoof-indoena, soos hulle hom noem. Dit sal die eerste keer wees dat hulle hom persoonlik ontmoet.

"Goeiemôre," groet Gunter vriendelik toe hulle in die deur verskyn. "Maak julle tuis," sê hy terwyl hy na die rusbanke wys.

"Môre, en baie dankie," antwoord hulle in 'n koor.

"Julle hoef nie nou al te sing nie," lag Gunter

Die groep lag en dit is sommer 'n ysbreker om die rede vir hulle besoek uit te vind.

"Wel, ouens, ek is 'n besige man en daarom gaan ek sommer met die deur in die huis val," antwoord Gunter. "Ek het gehoor julle groep beplan om bietjie te reis na Nashville, Tennessee."

"Ons wou eintlik net Nashville besoek en het gehoop ons kry 'n geleentheid om saam die gewilde sangeres Suzanne op te tree," antwoord Charl.

"Wel, as julle wil, kan julle deel wees van my toergroep. So sal julle blootstelling kry, en as die geleentheid opduik om saam met die Country-sangeres, Suzanne, op te tree, sal ek daar wees om jul touwys te maak," antwoord Gunter.

Die ouens staan versteen van skok. Dan antwoord Jacques: "Sjoe, ons weet nie wat om te sê nie!"

"Moet dan niks sê nie en gryp die geleentheid aan!" lag Gunter.

"Ons sal u altyd dankbaar wees dat ons saam met u kan toer," praat Jacques namens die groep en kyk vinnig of almal hulle goedkeuring gee.

"Los maar die formaliteit, noem my net Gunter," sê Gunter en voeg by: "Die rede hoekom ek julle gekies het, is omdat julle my terug laat dink aan my dae as jong kunstenaar met my eie eerste orkes. Dit was nog in die apartheidsjare en daar was nie baie geleenthede in die buiteland nie en ons was ook nie baie vriendelik ontvang nie. Intussen het dinge baie verander en is daar nou 'n hele wêreld vir ons oop."

Die groep luister ingedagte terwyl Gunter voortgaan.

"Later van jare, nadat die groep opgebreek het, het ek op my eie aangegaan," gaan Gunter voort. "Ek het 'n besluit geneem dat, as ek iewers in my lewe 'n groep met potensiaal sien, ek hul sal help om bo uit te kom. Julle het my baie by die KKNK beïndruk en daarom het ek op julle besluit."

Gunter kyk na Smiley en vra: "Is jy die skrywer van die Country-liedjie wat julle gesing het by die KKNK?"

Smiley voel hoe hy van kleur verander en gee so 'n grynslag terwyl hy sy kop knik.

"Dit was juis die liedjie wat op YouTube die aandag van Suzanne, die bekende Country-sangeres van Texas, getrek het. Sy was só beïndruk dat haar agent by ons uitgekom het om te hoor of ons nie een of ander tyd Nashville kom besoek sodat sy julle kan ontmoet nie," antwoord Smiley.

"Sien, daar slaan julle sommer twee vlieë met een klap! Die enigste probleem is dat ons al môreoggend vertrek. Sal julle so vinnig julle goed in orde kan kry?" vra Gunter.

"Ons paspoorte en visums is in orde, maar ons vlieg eers oor twee weke en ons kaartjies is klaar gekoop," verduidelik Gerald.

"Dit sal ongelukkig nie werk nie, want oor twee weke is ek weer in Australië. Julle kan julle vliegbesonderhede aan my bestuurder deurgee – hy is in die kantoor langs myne – sodat hy die nodige veranderings kan maak," antwoord Gunter.

"Hoe lyk dit manne? Is julle lus vir die avontuur?" lag Jacques.

"Bring it on!" roep die res uit een mond.

Hulle gesels nog verder oor alles wat van hulle verwag word en dat Gunter se bestuurder al die nodige inligting aan hulle sal verskaf. Die groep verlaat die ateljee nadat hulle gegroet het en stap na die Uber wat intussen opgedaag het om hulle te kom haal.

"Wie sou nou kon sê dat ons môreoggend al saam die bekendste sanger in Suid-Afrika na Amerika toe vertrek en dit nogal as deel van sy toergroep?" antwoord Gerald.

"Alles te danke aan die lied wat ek geskryf het en julle eers nie wou sing nie," praat Smiley spoggerig.

"Ag toe nou, moenie grootkop kry nie! Sonder ons sou jy nie die nodige musiek gehad het nie," lag Jacques.

"Jealousy makes you nasty," terg Smiley.

Almal lag en die groep is in die wolke oor die geleentheid en dit voel vir hulle of die rit korter was na hulle hotel. Hulle het nou 'n vroeër vlug sodat hulle kan gaan pak en geliefdes groet. Terwyl hulle met die vliegtuig op pad terug is na Pretoria, dink Ruan skielik aan Rochelle. Hy besef dat hy Johan nie betyds gaan kry om die dokument te teken nie en hoop dat Johan dit sal kan e-pos sodat hy dit kan uitdruk asook beëdig daar anderkant. Ruan wens hy kan haar nog een keer sien voor hulle vertrek na Nashville soos hy beplan het, maar nou is alles nóg 'n groter gemors. Haar pa gaan hom verbrysel as hy hom kry!

Dit is vroeg die volgende oggend wanneer Rochelle se foon lui. Sy ken nie die nommer nie en antwoord gewoonlik nie onbekende nommers nie.

Dit moet seker dringend wees as iemand haar so vroeg bel nog voor haar wekker afgegaan het, dink sy by haarself.

"Rochelle," antwoord sy half deur die slaap.

"Moenie sê jy slaap nog nie," antwoord Ruan.

"Wie praat nou?" vra Rochelle.

"Dit is jou manlief," spot Ruan.

"Weet jy!" vererg Rochelle haar. "Dit is nog half nag en jy bel my om hallo te sê."

"Ons almal is hier by OR Tambo-lughawe saam met Gunter de Lange. Hy het ons genooi om saam hulle te gaan toer na Nashville, maar dan moet ons vandag saam hulle vertrek," antwoord Ruan.

"Jy kan my mos nie nou in die steek laat nie!" antwoord sy sonder dat sy besef dat sy hom eintlik smeek.

"Dit is hoekom ek vroeg skakel sodat ek jou net gerus kan stel dat ek alles onder beheer het en dat die dokument wel by jou advokaat in Bloemfontein sal wees. Jy sal dan finaal van my ontslae wees, my vroutjie," antwoord hy tergend.

"Waar kry jy in elk geval my nommer?" vra sy verbaas.

"Vir my om te weet en vir jou om uit te vind," lag hy. "Ek het dit gebedel by Johan met die verskoning dat as hy nie beskikbaar is nie, ek altyd die dokumente by jou kan uitkry."

"Ja toe. Jy beter die dokumente teken en geniet jou toer," groet Rochelle en sit die foon neer voor sy nog sy groet kan hoor. Sy staar na die foon.

Haar pa is reg; die mannetjie is omtrent arrogant, dink sy en is lus om sommer lughawe toe te gaan en hom 'n klap te gaan gee!

Rochelle het tydens ontbyt die oggend vir haar woonstelmaats van die oproep vertel en hulle is net so geskok soos sy. Chanté sê sy het dit nie van hom verwag nie en sy sal nie weer hulle cd's koop nie. Erika wys vir hulle die artikel in die koerant. Rochelle kan haar oë nie glo nie. Daar is 'n hele artikel van haar en Ruan se "foutiewe" huwelik en dat hy binnekort weer 'n vry man sal wees. Sy word uitgemaak as die fortuinsoekster wat nou in die verlede gekrap het om sy loopbaan te kniehalter en van hom wil eis.

"Dit is wreed. Hoe kan hulle sulke sensasie verkoop?" vra sy kwaad.

"Ons weet wat is die waarheid en jy moet net sterk staan vriendin, dit sal oorwaai," troos Chanté.

"Wie het hierdie inligting aan die koerant verkoop? Dit is net 'n persoon wat geld najaag," praat Rochelle verder.

"Die artikel sê net dit is van 'n betroubare bron verkry," antwoord Christel, hulle ander woonstelmaat.

"Ek gaan vir Ruan bel sodra ek die geleentheid kry en as dit hy is gaan ek hom laat boet," verseker Rochelle hulle. Rochelle het Ruan se nommer op haar foon gestoor. Indien daar dalk iets is wat sy vir hom moet laat weet, was haar verskoning aan haar woonstelmaats.

"Miskien het hy juis die media daarvan bewus gemaak. Dit is seker meer publisiteit vir hulle toer en bevordering vir sy loopbaan," gaan sy voort.

"Wees versigtig om net aannames te maak," antwoord Chanté. "Los vir hom 'n boodskap op sy foon om jou te bel sodra hulle land. Tien teen een het hy ook die artikel gesien en dink dit is weer jy."

Rochelle se foon lui op daardie oomblik en dit is van 'n joernalis wat haar kant van die storie wil hoor. Sy deel die joernalis mee sy stel nie belang en is nie beskikbaar vir verdere kommentaar nie.

"Hulle laat nie juis gras onder hulle voete groei nie!" antwoord sy vererg.

"Jy beter vinnig vir Ruan in die hande kry anders gaan jy nie by die deur kan uitkom as die media eers weet waar jy bly nie," antwoord Christel.

Rochelle probeer Ruan se nommer skakel, want miskien is hulle nog op die lughawe. Sy het gehoop sy sal nooit die nommer hoef te skakel nie. Die foon lui nie, maar gaan direk oor na 'n antwoordboodskap wat aandui dat die nommer tans nie beskikbaar is nie. Sy los 'n kort boodskap dat hy haar moet bel sodra hy tyd het.

"Wel, as jy op Facebook kyk sal jy sien die Radio Active-groep is saam met Gunter op 'n foto by die OR Tambo-lughawe net voor hulle op die vliegtuig geklim het," antwoord Chanté.

"Laat ek sien!" Rochelle vat die foon uit Chanté se hande.

"Die ander opsie is om sy vriend Johan te bel en ek is seker hy lees die koerant ook elke môre," antwoord Christelle.

Rochelle kyk deur die dokumente wat sy saamgebring het en vind Johan se nommer. Sy gee nou nie om watter tyd van die dag dit is nie, maar Johan moet nou tot haar redding kom.

"Johan, goeiemôre," groet Johan wat al douvoordag op kantoor is. Hy weet nie hoekom hy die onbekende nommer nou geantwoord het nie.

"Haai, Johan, dit is Rochelle, Ruan se sogenaamde vrou. Gaan dit goed?" praat sy.

"Goeiemôre, Rochelle, en waaraan het ek hierdie oproep te danke?" antwoord Johan verras.

"Het jy vanoggend die koerant gesien? Daar is 'n artikel oor my en Ruan in," antwoord sy.

"Ek het nog nie, maar dit lê op my lessenaar. Laat ek dit net gou nadertrek," antwoord Johan.

Hy lees vlugtig die artikel en is sommer vies dat iemand inligting verskaf wat niks met hulle te doen het nie en die pap nog dik maak ook.

"Ek sien dit gaan nou weer goeie sensasie wees en mense maak geld uit dit," antwoord hy vererg.

"Ja, en ek het al klaar 'n oproep van 'n joernalis gekry en ek weet nie waar hulle my nommer gekry het nie. Wat staan my nou te doen?" vra Rochelle.

"Ek sal die koerant bel en uitvind waar hulle aan die storie kom en dit hanteer. Jy praat met niemand nie. Ek is seker dit sal vinnig oorwaai, want Ruan is ook nie beskikbaar vir kommentaar nie en buite hulle bereik," antwoord Johan.

"Dankie, ek waardeer dit en as alles goed gaan is ek ook binne twee weke in Amerika en kan hulle my ook nie kry nie," antwoord Rochelle.

Johan lag terwyl hy haar groet en aflui. Sy is die regte vrou vir Ruan, dink hy by homself. Volwasse, geleerd, dink op haar voete en vat nie sommer nonsens nie. As daar nou één vrou is wat vir Ruan kan mak maak, is dit sy. Die feit dat Ruan haar geskakel het, bewys dat hy wel omgee. Miskien kom die twee tóg eendag by mekaar uit en dan sal hy hulle met liefde weer trou, maar die keer vir altyd . . .

Hoofstuk 6

Dit is Maandagmiddag en Rochelle is moeg wanneer sy voor die woonstel stop. Hulle was baie besig vandag by Onderstepoort. Voor sy die trappe bestyg, besluit sy om deur haar pos te kyk. Sy sien een van die briewe is die instansie wat haar geborg het. Wanneer sy binne die woonstel is, sit sy alles vinnig neer en gaan sit op die bank en maak die brief oop. Sy sit geskok en dan bars sy in trane uit en voel of sy nooit weer gaan ophou huil nie. Chanté kom ingestap en sien haar op 'n bondeltjie op die bank.

"En nou?" vra sy besorgd.

Rochelle wys na die brief en begin weer van voor af huil. Chanté neem die brief en lees dit. Die Vet for Pets-organisasie het Rochelle laat weet haar kontrak is gekanselleer as gevolg van die negatiewe publikasie.

"Hoe kan hulle dit doen?" vra Chanté geskok. "Jy het nou al deur so baie gegaan en nou dit."

"Ek verstaan dit ook nie," snik Rochelle. "Dit was my maar net nie beskore nie."

Chanté gaan maak vir hulle iets te drinke en sit by Rochelle op die bank.

"Ek weet nie watter raad om jou te gee nie, maar ek glo alles gebeur met 'n doel. Jy sien dit dalk nie nou nie, maar eendag sal jy die antwoord daarop kry," troos sy.

"Hoe gaan ek my praktiese ure nou inwerk?" vra Rochelle terwyl sy dink dat meneer Ruan veilig in Texas is om sy droom uit te leef en haar drome is aan skerwe.

Chanté neem haar voor om later vir Johan te bel. Sy sal sy nommer op 'n manier van Rochelle se foon kry. Hy behoort te weet wat gebeur het en hy kan dalk help om Rochelle uit die penarie te kry. Intussen moet sy hierdie vriendin van haar getroos kry.

"As hy geld vir hulle gevra het met al die probleme wat nou opduik, kon hy sy eie praktyk begin het," dink sy met 'n glimlag.

Terwyl Rochelle 'n lekker warm bad op aandrang van haar vriendin neem, bel Chanté vir Johan en verduidelik van die brief en die situasie waarin Rochelle haar nou bevind. Na hulle gesprek dink sy dat Johan eintlik 'n aangename mens is en sy is seker hy sal aan 'n voorstel kan dink om Rochelle te help. Chanté kry 'n glimlag om haar mondhoeke, want die hele situasie klink soos iets uit 'n fliek, maar tog is dit snaaks. Min het hulle groepie gedink hulle lewens gaan so 'n interessante draai maak! As Rochelle net weet hoe sy en Christelle die media ontduik, sal sy trots op hulle wees.

Dit is 'n paar dae later en Rochelle en Johan sit rustig in 'n restaurant. Johan het haar genooi vir ete na sy gesprek met Chanté. Dit is nou nie iets wat hy graag doen om met ander vroue te eet nie, maar hy moet nou vir sy vriend instaan en Rochelle ook bystaan. Dit is die minste wat hy vir sy vriend kan doen. Ruan was nog altyd daar vir hom in goeie én slegte tye. Dit het op 'n tyd broekskeur met hom gegaan tydens sy studentejare en sy ouers het nie die geld gehad om vir sy studies te betaal nie. Johan was gelukkig om 'n beurs te kry en het sy studies by dieselfde universiteit as

Ruan voltooi. Hy wat Johan is moes onder andere as kelner werk en bode vir prokureurs wees om ekstra geld te verdien. Ruan was weer gelukkig om alles te kry wat hy ook al begeer het, maar hy het hom nooit beter geag as enige ander persoon nie. Daar was tye wat Ruan vir Johan ingesmokkel het om slaapplek in die koshuis te kry, want hy kon nie sy kommune betaal nie. 'n Meer lojale vriend kry jy nie.

Johan het met Ruan se ouers kontak gemaak wat 'n avontuurplaas by die Drakensberge besit. Ruan se pa, oom Lukas, was bewus van die situasie waarin Ruan hom begewe en was eers vies vir die meisie wat sy seun in die situasie geplaas het wat sy loopbaan kon kelder. Ruan het na sy gesprek met Johan destyds by sy ouers gaan raad en advies soek. Hy het aan sy ouers verduidelik waaroor dit gaan en dat Rochelle hom nie opsetlik wou skade aandoen nie en dat dit net studentepret was wat in 'n nagmerrie ontaard het. Dit het egter vir Johan gewys dat Ruan 'n sagte plekkie vir Rochelle het, al wil hy dit nie erken nie. Ruan het nie geweet hulle gaan vinniger op die toer gaan as wat beplan is nie. Johan het oom Lukas gevra of daar nie 'n moontlikheid is dat Rochelle op hulle plaas haar navorsing kan voortsit nie. Dit is die ideale plek, met perde wat verskeie funksies op die plaas verrig, onder andere gimkana, avontuurritte, perderesies, polo en nog meer. Oom Lukas het ingestem dat sy vir die ses maande kan oorkom, maar hy soek nie moeilikheid nie.

Dit is die eintlike rede hoekom Johan vandag saam Rochelle eet. Hy wil haar graag van die voorstel inlig en hy hoop sy stem in. Nadat hulle bestel het, vertel Johan vir Rochelle van sy oproep aan Ruan se pa en dat daar 'n geleentheid op hulle plaas in die Drakensberge is om haar navorsing voort te sit.

Ruan se pa het twee jaar terug begin met die teel van resiesperde en dit sal die geskikte geleentheid wees as hy iemand kan kry wat die perde vir hom ondersoek en medies versorg voor hulle werklik aan enige resies kan begin deelneem. Rochelle voel om die aanbod van die hand te wys, want Ruan se pa is niks aan haar verskuldig nie en sy is nie 'n liefdadigheidsgeval nie. Sy bedink haar egter sodat sy eers meer kan uit vind oor die plaas, diere en omgewing voor sy finaal besluit. Sy sal ook bietjie op die internet gaan kyk en navorsing doen oor die plaas sodat sy haar feite reg het.

Rochelle vertel later die aand aan haar vriendinne hoe die kuier saam met Johan afgeloop het. Sy is onseker wat sy moet doen en soek hulle raad.

"Dit is 'n uitstekende geleentheid en weg uit die stad!" antwoord Chanté "Jy kan daar lekker jou kop skoon maak."

"Wel, jy het ook nog die opsie van Onderstepoort se Veeartsenykunde wat jou ook 'n geleentheid by hulle aanbied," antwoord Christelle wat intussen by hul aangesluit het.

"Dit is nie dieselfde nie; dit is alledaagse behandeling van huisdiere, inentings en klein operasies. Af en toe is daar 'n siek of beseerde perd. Dit gee jou nie die eerstehandse ondervinding soos om werklik op 'n perdeplaas te kan werk en te beleef wat daar aangaan nie," antwoord Rochelle.

"Daar het jy jou antwoord. Ons gaan jou baie mis as jy die avontuurplaas kies, maar ten minste sal ons daar vir jou kan kom kuier waar ons nie na Texas sou kon gaan nie," troos Chanté haar.

"Ek sal eers aangaan by Onderstepoort tot ek werklik weet wat om te doen," antwoord Rochelle. Sy is nie iemand wat halsoorkop in 'n situasie inspring nie.

***

Rochelle is besig om saam met die senior veearts, dokter Ethan Botes, te kyk na 'n besering wat 'n klein Yorkshire-hondjie opgedoen het. Dit lyk of sy beentjie gebreek is. Die klein dingetjie se beentjies lyk net soos vuurhoutjies en dit sal kundigheid verg te heg sonder dat dit in 'n amputasie eindig. Gelukkig is dokter Botes 'n goeie chirurg en verduidelik hy stap vir stap aan haar die proses. Die hondjie, met die naam Scruffy, is maar 'n skrale ses weke oud. Hy het die oulikste persoonlikheid en het al klaar in haar hart gekruip. Vir eers gaan hy oornag gehou word en antibiotika toegedien word om infeksie te voorkom. Sy sal dan die voorreg hê om die volgende oggend te kan assisteer met die operasie.

Die ontvangsdame klop aan die venster en wys vir Rochelle dat daar 'n dringende oproep vir haar is. Rochelle verskoon haarself vir 'n paar minute en stap na die kantoor om die oproep te neem. Nadat sy 'n ruk gepraat het, sit sy die foon neer en staar voor haar uit.

"Is dit slegte nuus?" vra die ontvangsdame. "Jy lyk geskok."

"Nee, of ek weet nie," antwoord Rochelle en stap terug na dokter Botes wat intussen klaar die indruppelingsapparaat vir Scruffy opgesit het. Hy word terug in die hokkie geplaas en dan is hulle werk vir die dag klaar. Rochelle sit in haar kar vir 'n oomblik en dink weer aan die oproep. Ruan se pa het haar nou self geskakel en haar genooi om haar studies daar te kom voortsit. Dit is vir haar 'n besliste aanduiding dat sy moet gaan en dat dit die regte besluit sal wees. Sy moet nou net alles wat negatief is uit haar gedagtes kry en fokus op haar studies en doelwit wat sy wil bereik. Sy sal vanaand met haar pa al die opsies bespreek en dan sal sy vinnig 'n besluit moet maak. Geleenthede hou net so lank . . .

Nog voor sonop die volgende oggend stap Rochelle by die Onderstepoort Veeartsenykunde-afdeling in. Dokter Botes doen operasies een keer 'n week en verkies om dit baie vroeg af te handel voor die daaglikse besoekers begin opdaag. Die teater is gereed en sy gaan haal vir Scruffy wat die eerste pasiënt is. Sy sit hom op die teatertafel en sit 'n nuwe drup aan. Rochelle sit die x-strale op die teatertrollie sodat dokter Botes enige tyd daarna kan kyk. Alles is gereed en Scruffy word verdoof. Dokter Botes verduidelik aan Rochelle dat die beentjie 'n skoon breuk het, maar omdat dit so fyn soos 'n vuurhoutjie is, moet daar eerder 'n plaatjie ingesit word. Dit is 'n baie delikate operasie en indien die skroewe nie reg geheg word nie, kan dit later groter probleme of selfs infeksie veroorsaak wat kan lei tot amputasie van die beentjie.

Rochelle kyk met verwondering hoe teer en effektief dokter Botes die operasie doen. Scruffy se eienaars het vertel dat hy geskrik het en toe van die bank afgespring het. Hy moes skeef geland het, want hy kon dadelik nie op die beentjie trap nie. Gelukkig is hy onmiddellik ingebring vir behandeling, en omdat dit nog 'n nuwe wond is, sal die kanse op herstel groter wees. Terwyl hulle besig is met die operasie, besluit Rochelle om dokter Botes in te lig van die oproep wat sy ontvang het. Sy weet nie watter besluit om te maak nie, en omdat dokter Botes 'n baie reguit en eerlike persoon is, is dit maklik om met hom te praat en sal hy vir haar die regte raad gee. Sy werk al lank by hom as 'n aflos en om praktiese ondervinding op te doen en sodoende het hulle 'n besonderse werksverhouding opgebou. Dit is vir haar 'n besonderse eer dat so 'n hoogaangeskrewe veearts haar onder sy vlerk geneem het. Hy is baie streng met sy keuse van studente wat hy mentor. Dokter Botes luister en verduidelik aan haar al die voor- en nadele wat haar besluit kan inhou. Hy het ook aan haar genoem dat die keuse wat sy maak nie vir haar 'n obsessie moet wees omdat sy haar doel wil bereik nie, maar dat dit oor die liefde vir haar toekomstige werk as veearts moet wees. Sy het aandagtig geluister en weet dat al sou sy die keuse maak om te gaan, dokter Botes altyd daar sal wees as sy hulp nodig sou kry.

Scruffy se operasie het goed verloop en die beentjie word nou gespalk en verbind. Rochelle tel hom mooi op en sit hom in sy hokkie. Al wat nou moet gebeur is om hom te monitor. Rochelle bied aan om die aand op diens te wees sodat dokter Botes bietjie 'n breek kan kry om ook tyd saam sy gesin deur te bring. Dit was 'n rowwe week en daar was baie operasies, veral vir sterilisasies. Dit gaan haar ook tyd gee om op haar eie te wees en 'n besluit te maak.

Intussen geniet Ruan en sy orkeslede hulle gate uit in Texas, Amerika. Dit was nie oorspronklik beplan om Texas in hul toerskedule in te sluit nie. Gunter het voor sy optrede in Nashville 'n optrede ingewerk sodat hy Suid-Afrikaners in Texas kan verras met 'n kitsbesoek. Radio Active het op die lughawe van die veranderings in hulle skedule gehoor. Ruan het gedink dit sou nou 'n verrassing vir Rochelle gewees het as hulle by Texas kon optree en hy haar moontlik kon sien. Hy het intussen verneem van die borgskap wat gekanselleer is en dat Rochelle nou by sy ouers op die plaas haar praktiese opleiding gaan voortsit. Hy voel in 'n mate skuldig omdat sy die een is wat nou deur hierdie situasie benadeel word, maar hy gaan nie heeltyd skuldig voel oor 'n situasie waaraan hy niks kan doen nie. Hier is so baie winkeltjies met aandenkings en ook heelwat toeriste wat ronddwaal om geskenke en aandenkings te soek. Daar is baie mooi meisies en die cowgirls maak hulle dag.

"Dit is nou mooi goedjies," lag Jacques

"Nou praat jy! Miskien raak ek nog verlief en bly hier agter," skerts Ruan.

"Jy is 'n getroude man, onthou?" spot Charl hom.

"Ja, die swaard oor my kop," sug Ruan.

"Ek sien daar is 'n paar manne wat saam hulle dans. Kom ons probeer ook die danspassies," sluit Gerald by die gesprek aan.

"Gaan jy maar, ek gaan nie my naam met 'n plank slaan nie," lag Charl.

"Haai julle, ek dink hierdie winkel lyk na ons plek," roep Gerald agter die groep aan wat al geselsend aanstap terwyl hy hom eers verkyk aan al die items in die winkelvenster.

"Hier sal ons al die items asook hoede kry vir ons vertoning," vervolg hy.

Die ander drie lede draai om en stap saam met hom die winkel in.

"Julle moet onthou hier is ook 'n rodeobyeenkoms die naweek," lig Charl hulle in. "Dit was nogal altyd 'n droom van my om dit in lewende lywe te kan sien."

Hulle stap die winkel binne en dit lyk groter binne as wat dit van buite sigbaar is. Orals sien jy net stewels, hemde, rompies, broeke, cowboy-toerusting en nog vele meer. Van die items het hulle nog nooit gesien nie en dit is 'n gelag en speel soos kinders. Ruan sien die pienk cowboyhoed en besluit op die ingewing van die oomblik om dit vir Rochelle te koop as 'n aandenking. Hy voel in 'n mate sleg dat sy nie die geleentheid het om haar loopbaan hier in Texas te begin nie. Alles het vinniger gebeur as wat beplan was. Met die dat hulle eers in Texas aangaan moes hulle 'n vroeër vlug haal. Ruan is seker Rochelle sal baie van die hoed hou. Sy is fyntjies en die pienk sal pragtige by haar donker hare pas. Hy betaal die hoed saam met die ander items waarin hy belangstel en stap saam met die res van die ouens uit die winkel.

"En dit?" vra Jacques terwyl hy na die hoed wys.

"Ek het dit vir Rochelle gekry as 'n vredeoffer," noem Ruan dit so terloops.

"Het jy tog nie gevoelens vir haar nie?" spot Gerald

"Moenie laf wees nie, ek voel maar net skuldig," antwoord Ruan.

"Kom julle ouens, los nou vir Ruan uit," skerm Charl vir sy vriend. Hy het al op die lughawe agtergekom Ruan is nie homself nie. Hy weet sy vriend het nog nooit ernstig oor 'n meisie gevoel nie en daarom weet hy hierdie meisie is nie sommer enige meisie vir Ruan nie.

Die groep moet hulle haas om betyds by hulle chauffeur uit te kom wat hulle terug sal neem na die hotel waar hulle tans tuisgaan. Gunter het 'n nota by die chauffeur gelos om hulle in te lig hulle is geskeduleer vir 'n vertoning Saterdagmiddag by die rodeobyeenkoms. Dit beteken hulle sal vanaand 'n oefensessie moet inpas. Sondagmiddag sal hulle na Nashville vertrek vir die voorskou van Gunter se optrede. Dit sal die grootste belewenis in hulle loopbaan tot dusver wees.

Hoofstuk 7

Rochelle se karretjie is gelaai met al haar tasse en goedere wat sy kan nodig kry vir die volgende drie maande wat sy op Ruan se ouers se plaas in die Drakensberge gaan spandeer. Sy het besluit om sy aanbod te aanvaar. Gelukkig is daar 'n GPS in haar motor en kan sy met 'n geruste hart die pad aandurf. Alles verloop volgens plan tot sy die afdraai na die plaas bereik. Die GPS het haar net tot by die kruispad gebring en daar is nie 'n aanduiding van waarheen sy nou moet ry nie. Daar is 'n padstal op die een hoek en sy besluit om daar 'n koffie te gaan drink en uit te vind of iemand weet waar die Cilliers's se avontuur- en sportplaas geleë is. Dit was makliker as wat sy gedink het om die inligting te kry. Met die aanwysings is Rochelle weer op pad na haar bestemming. Die teerpad het verander in 'n grondpad en die paaie is nou nie juis bedoel vir haar motortjie nie. Orals waar sy ry sien sy kindertjies in die pad speel. Dit is nog nie 'n baie ontwikkelde omgewing nie. Die huisies is meesal van sink en hier en daar is daar van hulle wat met kleistene gebou is. Die inwoners loop met waterkanne op hulle koppe sodat hulle water kan gaan haal voor dit te donker is. Hier en daar is klein winkeltjies waar die nodige items gekoop kan word. Rochelle besef hoe moeilik dit vir hierdie mense is om 'n bestaan te voer en in haar hart voel sy so jammer vir die kleingoed wat so sorgeloos kaalvoet rondloop. Hier en daar sien jy van hulle ’n kruiwa met water stoot. Soos sy verby hulle ry, waai hulle vriendelik en klap hulle handjies. Hulle is so tevrede met hulle lewens en sy kan net bid dat daar vir hulle elkeen ’n mooi toekoms voorlê.

Met baie moeite en deur om stadig te ry, sien sy uiteindelik die plaas vanaf ’n hoogte in die pad. Dit is ongelooflik mooi en met die goeie reënval van die afgelope tyd lyk dit soos ’n skildery. Sy bereik die plaashek met die naam “Cilliers Avontuur- en Sportplaas,” in sierskrif gegraveer teen die imposante ingang. Die hek staan oop en sy ry al langs die laning bome na die opstal. Oral sien jy perde wat wei in die veld. Daar is ook ’n area met houtpale en verskeie strukture. Wanneer sy nader kom, sien sy dat dit die area is waar gimkana geoefen word. Die plek waar polo gespeel word, is ’n ent verder geleë. Daar wys ook ’n afrit na die avontuurarea waar jy onder andere aan perderitte kan deelneem of die glybaan gebruik wat jou in die bos inneem. Staproetes word ook aangedui. Sy dink aan al die dinge wat sy in haar aftyd kan doen en is nie een oomblik spyt sy het besluit om hiernatoe te kom nie. Voor sy die opstal bereik ry sy verby ’n huis wat omskep is in ’n teetuin en tuisnywerheid. Dit lyk of dit die ou plaasopstal was wat so omskep is dat besoekers ’n rustigheid tussen die bome kan ondervind terwyl hulle iets nuttig. Rochelle neem aan dit is hoe Ruan se ma haar tyd verwyl, want dit is beslis net ’n vrou se hand wat ’n ou opstal in so iets kan omtower. Sy verlang skielik na haar moeder. Net so handige mensie en sy gaan beslis haar ouers nooi om hiernatoe te kom sodra sy gevestig is. Sy sien die afdraai na die hoofhuis en daar is ’n afgekampte deel waar die klein ponies rustig vreet saam hulle mammas.

Dit is seker om hulle vir eers te beskerm sodat hulle sterker is om tussen die ander te wei, dink sy by haarself. Sy parkeer haar karretjie en sien ’n ouerige man uitgestap kom.

“Goeiemiddag,” groet hy. “Jy is seker Rochelle?” gaan hy voort.

“Die einste,” groet Rochelle. “Goeiemiddag, Meneer,”

"Noem my sommer oom Lukas," antwoord hy.

"Kom eers binne dan sal ek reël dat jou goedjies afgepak word. My ou wederhelf, tannie Zandi, het klaar die tee en eetgoed reg."

Binne die huis is die tannie besig om die laaste eetgoedjies op die tafel te pak en draai na Rochelle.

"Maar kyk nou net die mooie kind!" groet die tannie en gee haar 'n drukkie. "Middag Tannie, en dankie vir die kompliment," groet Rochelle.

Sy neem plaas by die tafeltjie op die stoep wat uitkyk oor die plaas. Sy kyk na die twee ouer mense. Nog so vol liefde vir mekaar en jy kan sien daar is wedersydse respek. Hulle is heelwat ouer as haar ouers en sy neem aan Ruan is 'n laatlammetjie. Dit is g'n wonder hy is so voor op die wa nie, want hy was seker baie bederf. Sy kyk na huisies wat aan die onderkant naby die rivier staan en dit lyk soos 'n skildery. Dit lyk of dit voorheen stalle was wat omskep is in blyplekkies om uit te verhuur. Tannie Zandi kom sit by haar aan die tafel en sien dat Rochelle die omgewing en huisies bewonder.

"Dit is ons idee om hierdie plaas later in 'n gasteplaas te omskep, veral as oom Lukas ook nou al nader aan aftree ouderdom kom," sê tannie Zandi.

"Dit is 'n uitstekende idee!" antwoord Rochelle. "Is dit stalle wat omskep is in verblyfplekkies?"

"Dit was oom Lukas se idee om die geboue wat ons nie meer gebruik nie eerder te omskep in oornagverblyf sonder om dit af te breek. Sodoende behou ons iets van die oorspronklike plaasgeboue. Ek het vir oom Lukas gevra om vir jou die huisie reg te kry wat bietjie afgesonder is sodat jy nie gepla word as daar ander gaste oornag nie," antwoord die ouer vrou.

Dit raak 'n lekker gekuier en die son sit al laag toe oom Lukas haar sleutels vra sodat haar goedjies na die huisie geneem kan word. Tannie Zandi wil niks weet dat Rochelle wil help met die skottelgoed en afpak nie.

"Nee, my hartjie, jy moet eerder in 'n lekker warm bad gaan lê en ontspan na hierdie lang rit," stel sy voor.

"Volgende keer vat ek nie nee vir 'n antwoord nie," lag Rochelle en staan op om te gaan uitpak en om nes te skrop.

Soos sy nader kom sien sy die huisies het elkeen 'n aangeboude stoepie en daar is draadtafeltjies en stoele. Tannie Zandi het gesê die kussings is binne die huisie sodat dit nie kan verniel of wegraak op die stoep nie. Sy sluit die deur oop. Sy kan met een kyk die hele plekkie opsom. Daar is twee slaapkamers, 'n badkamer en 'n kombuis en eetgedeelte gekombineer. Dit is karig gemeubileer met net die nodige meublement per vertrek.

Sy stap deur na die hoofslaapkamer. Daar is 'n dubbelbed met bedkassies. Die outydse hangkas vang haar oog en sy wonder of dit deel van die ou huis se meubels was, wat nou tussen die huisies verdeel is. Die ander slaapkamer het 'n enkelbed met 'n lessenaar. Sy besluit dit gaan haar navorsingshoekie wees waar die lig lekker inskyn.

Sy kyk op haar selfoon of daar sein is sodat sy haar ouers kan skakel. Sy het net vinnig 'n boodskap gestuur dat sy veilig hier aangekom het en dat die sein swak is. Sy het belowe om later te bel. Sy besluit om eers uit te pak en alles uit te sorteer dan sal sy na die rivier se kant stap vir 'n beter sein, 'n wenk van oom Lukas. Nadat sy uitgepak het, kry sy haar badgoed gereed om daardie lang verlangde bad te gaan neem. Die bad is een van die regte outydse baddens met die voetstukke. Sy maak seker die deure is gesluit en tap vir haar badwater in. Wanneer sy rustig agteroor lê en ontspan, besef sy eers hoe moeg sy is van die lang pad tot hier.

Sy dink aan die gasvrye ontvangs en weet haar tydjie hier gaan baie aangenaam wees. Sy sal die naweek eers alles gaan besigtig wat hier gedoen word en ook die veearts wat tans hier betrokke is ontmoet. Sodoende sal sy meer weet wat haar te doen staan en waar sy tot hulp kan wees. Sy gaan vanaand vroeg in die bed klim. Hier sal sy seker meer tyd in die aande kry om boek te lees, want dit is ook iets waarvoor sy nie baie tyd gekry het die afgelope paar weke nie. Daar is ook geen televisie nie. Sy het nog nie eens 'n hoofstuk gelees nie toe dompel sy in.

Rochelle word vroeg wakker en voel uitgerus. Die vroeg slaap gisteraand het haar goed gedoen. Sy neem haar Bybel en dagboek, maak vir haar 'n lekker koppie koffie, en gaan sit op die stoep om stiltetyd te hou. Die son is nog nie op nie en dit maak dat dit mistig is buite en die berge en bome kan skaars gesien word. Die gras is nog nat van die dou en hier en daar hardloop 'n kiewiet rond om kos te soek. Nadat sy haar oggendstiltetyd gehou het, sit sy net en luister na al die geluide. Dit voel of sy met vakansie is. Die son het intussen die mistigheid verdryf en dit is 'n skoon en lekker wolklose oggend – presies wat sy nodig het om haar siel skoon te kry. Sy hoor 'n hoenderhaan kraai aan die agterkant van die huisie. Bietjie laat vir hom om nou eers aan te kondig dit is môre! 'n Hoep-hoep roep iewers in die bome. Sy dink aan hoe haar pa altyd die bosduif nagemaak het deur sy hande saam te vou en daarin te blaas. Sy verlang na hom en sal hulle graag voor sy teruggaan hier na die plaas wil nooi sodat hulle ook kan sien waar sy haar navorsing gedoen het.

In die verte sien jy die trekkers op die lande en die beeste kom naby haar verbygeloop na die veld. Hulle is seker nou klaar gemelk en honger. Sy hoor ook 'n donkie bulk.

Wat mis ons nie als in die stad nie; hierdie wonderlike stilte en natuurgeluide, dink sy by haarself. Al het Ruan haar nou in hierdie posisie gesit, is dit tog 'n bonus na al die onaangenaamheid van die verlede.

"Dit is al regmerkie wat hy van haar sal kry," praat sy hardop met haarself.

Sy staan op om ontbyt bo by die restaurantjie te gaan eet. Dit was 'n instruksie van tannie Zandi dat sy seker maak sy kry ten minste kos in haar lyf. Terwyl Rochelle aanstap na die restaurant sien sy die tipiese plaasdam, hoenders, eende, ganse en selfs kalkoene. Die groentetuintjie is pragtig en dit is duidelik dat iemand dit in stand hou. Die son begin stadig kop uitsteek en daar is 'n vrede in haar hart en sy weet vir die volgende ses maande sal sy hier kan uithou en aanhou. Gelukkig is Ruan oorsee en is dit vir haar makliker om op haar werk te konsentreer. Sy sal die naweek afstap na die plaasmark oorkant die rivier om te gaan verken wat daar te koop is. Oom Lukas het haar verduidelik waar die paadjie is en dat dit alles varsprodukte is van al die boere in die omgewing. Sodoende kan jy produkte direk van die boere koop.

***

Rochelle is al 'n paar weke op die plaas en het dit al redelik verken asook die bedrywighede wat alles hier plaasvind. Die beesmisreuk hang in die lug en dit is vanoggend 'n reënerige dag en sy is al van vyfuur vanoggend by die stalle. Sy stap saam met een van die honde wat sy geërf het. Omdat sy so bekommerd is oor Hyper, een van die resiesperde, kon sy nie gisteraand slaap nie. Hyper is al 'n ervare resiesperd en het verlede Saterdag 'n stamp van een van die perde gekry tydens die resies. Sy besering het net gelyk na 'n verstuiting van die enkel, maar deur die week het dit nie veel verbeter nie en het sy teen Woensdag besef dit is ernstiger. Hyper het 'n gematigde temperament en al is sy versigtig vir hom het hulle twee tog mekaar op 'n manier gevind en het hy haar begin vertrou om naby hom te kom en te versorg. Sy bly maar versigtig, want jy weet nooit hoe hy elke keer gaan reageer nie. Sy het hom nie gesien as 'n resiesperd nie, en al het hy die mooiste bou wat sy nog aan 'n perd gesien het, sou sy hom eerder as 'n skouperd of selfs vir gimkana aangewend het. Wanneer sy die stalle instap, sien sy Hyper op die strooi in sy stal lê. Haar hart bloei vir hom. Sy het vir Shaun, die hoofveearts, geskakel om die mobiele X-straalmasjien te bring sodat hulle net weer kan kyk na die enkel. Dit is beter as om Hyper te probeer vervoer en sodoende nog meer skade aanrig. Die swelsel is heelwat gesak en die x-strale behoort nou 'n beter prentjie van die besering te skets. Sodoende kan die behandeling verander of voortgesit word. Sy hoop nie dit is nodig vir 'n operasie nie.

"Wat is fout, ou grote?" praat sy met Hyper terwyl sy buk om vir hom 'n suikerklontjie te gee. Hy lug sy kop effens en laat dit weer sak, so asof hy nie lus voel vir die lewe vandag nie. Rochelle vryf sy kop en lyf om bietjie liefde te gee.

"Ek gaan net so bietjie na jou been kyk. Dit kan dalk bietjie seer voel, maar ek wil jou net help," praat sy troostend met hom. Hy laat haar toe om sy been te vryf en sy weet hy het haar ook aangeneem as sy gunsteling versorger. Sy vryf eers sy bo-been en beweeg dan af na die seerplek tussen die poot en die knie. Dit is gespalk vir veiligheid.

Rochelle skrik toe sy agter haar 'n stem hoor: "Ek het geweet jy sal weer douvoordag hier wees."

"Jy het my nou lelik laat skrik!" lag Rochelle. "Môre Shaun, jy is self vroeg hier. Ek vermoed die skade is groter as wat ons Saterdag gedink het," antwoord sy nadat sy haar asem teruggekry het.

"Ek was ook bekommerd dat ons dalk iets misgekyk het en het besluit om voor ek my praktyk oopmaak eers hier aan te kom."

Shaun gaan haal die mobiele X-straalmasjien wat in 'n kompakte houer is. Hy stel alles op en stoot dit in Hyper se stal in. Hyper runnik so liggies maar Rochelle paai hom. Die x-strale word vinnig geneem en Shaun bestudeer dit. Hy wys vir Rochelle dat daar geen breuke is nie, maar dat dit tog lyk of 'n ligament 'n skeurtjie in het. Dit is tans nie nodig vir 'n operasie nie, maar Hyper sal baie stil gehou moet word. Hy gaan haal ook 'n slinger wat soos 'n mandjie lyk en sit dit om Hyper se onderbeen. Dit word ietwat gelig en teen die reëling vasgemaak.

"Daarso, nou kan sy been in die lug bly vir die bloedtoevoer en jy kan dit so elke vier ure laat sak, die spalk afhaal en met hierdie salf masseer," verduidelik Shaun.

"Ek is verlig sal presies volgens jou instruksies die behandeling toepas," antwoord Rochelle.

"Ek sal weer teen Saterdagoggend 'n draai kom maak en dan kan ons weer 'n X-straal neem om te sien hoe die besering herstel het," antwoord Shaun.

Hulle groet en Shaun stap na sy bakkie. Rochelle kyk Shaun agterna. Al is hy Ruan, die lummel wat haar net so hier op haar eie genade gelos het by sy ouers, se vriend, is Shaun 'n aangename mens. Hy het nie een oomblik gehuiwer om haar 'n geleentheid te gee om by die praktyk betrokke te raak aangesien sy nie oorsee kon gaan nie. Hoekom sy nou juis met iemand soos Ruan "getrou" het, weet sy nie. Sy wonder waar Ruan hom tans bevind. Sy hoor by haar vriendinne wat hom op Twitter en Facebook volg dat dit goedgegaan het met die toer in Amerika en dat die groep nou in Australië is. Sy hoor niks van hom nie, al het sy gehoop hy sou ten minste teen hierdie tyd al haar oproep beantwoord het. Hy gee letterlik nie om nie en geniet hom gate uit. Hy het darem sy woord gehou om die nodige dokumentasie te teken en deur te stuur, al was dit 'n vermorsing van tyd, want die instansie wat haar studies sou betaal, het haar afgewys.

Rochelle bring haar gedagtes weer terug by Hyper en maak hom toe met 'n kombers. Nadat sy hom gerusgestel het dat sy weer sal kom, stap sy deur die stalle om te kyk na die ander perde. Sy moet nog die verskillende inentings bestel, want daar is 'n paar diere wat dit nou een of ander tyd moet kry. Dan is daar nog 'n merrie wat dragtig is. Rochelle en Shaun was verras toe hulle sien sy is dragtig. Oom Lukas het gesê van al die merries was sy die enigste wat nog nooit dragtig was nie en hy het gedink hy het 'n verlies gemaak met die merrie wat hy vir teeldoeleindes wou gebruik. Omdat hulle nie werklik weet hoe ver sy dragtig is nie word sy fyn dopgehou.

Shaun dink aan Rochelle terwyl hy terugry na sy praktyk. Hy is al lank enkellopend en het ook nog nie tot trou gekom nie. Hy was wel al 'n paar keer in ernstige verhoudings, maar dit het doodgeloop. Hy geniet dit om tyd saam met Rochelle te spandeer en haar touwys te maak met die fyner werk van veeartsenykunde. Sy is die ideale tipe vrou wat hy sou wou ontmoet het, maar nou het sy skoolvriend, wat altyd met die vrouens mors, haar nou as "vrou" gekry. Hoekom is die lewe so onregverdig? wonder hy. Sodra Ruan en Rochelle se situasie uitgesorteer is, sal hy haar graag meer persoonlik wil leer ken. Nou is alles net professioneel en wil hy nie vir haar dit nóg meer onaangenaam maak as wat dit reeds is nie.

Een nag hoor Rochelle 'n snaakse gerunnik vanaf die stalle, amper soos 'n noodkreet. Sy kyk op haar horlosie en sien dat dit drie-uur in die oggend is en kan nie dink wat nou fout sal wees nie. Sy wou net omdraai toe val dit haar by dat dit dalk Fairy is wat vroeër die lewe gaan skenk aan haar vulletjie en dat die datum werklik verkeerd was. Sy trek vinnig 'n sweetpak en tekkies aan en neem haar flits. Terwyl sy uitstap, vat sy haar mediese tassie wat altyd op die etenstafel se hoek staan. Sy het die gewoonte by Shaun geleer wat haar meegedeel het dat as jy met diere werk, jy vinnig moet kan reageer en dan is daar nie tyd om goed te soek nie. Sy bel Shaun so in die loop en hy gee vir haar instruksies tot hy daar kan uitkom. Haar huisie is nie ver van die stalle nie en met die maan wat so helder skyn lyk dit amper daglig. Sy weet oom Lukas het sekuriteitsmense aangestel op die plaas en dit bring ietwat van 'n rustigheid in haar. Sy kyk om haar rond of daar enige ander rede kan wees vir die ongemak by die stalle, maar alles lyk vreedsaam. Die sekuriteitman sien haar en flits in haar rigting om aan te dui dat alles in orde is en hy bewus is van haar in die omgewing en ekstra waaksaam sal wees. Lucky, die kruising tussen 'n Beagle en 'n fox terriër, kom na haar aangedraf. Hy het Rochelle as sy ma aangeneem, want sy is die enigste een wat werklik geduld met hom het. Hy is hiperaktief en dit verg baie speel voor hy eers kalmeer. Lucky draf agter haar aan en gaan staan voor die staalhek om te sien wat sy maak. Wanneer sy instap, gaan lê Lucky voor die hek. Rochelle maak die stalhek oop en sien Fairy, die merrie, wat kap met haar pote om die hek oop te kry van haar slaaparea. Rochelle buk versigtig om nie deur haar pote raak gekap te word nie.

"Toe maar, Meisiekind," praat sy met Fairy. "Ek is hier en gaan jou nie alleen laat nie."

Fairy is alles behalwe in die bui om getroos te word en kap nog harder teen die hek sodat dit amper uit die skarniere ruk. Rochelle voel half benoud en was nog nooit in so 'n situasie nie. Sy sal vinnig aan iets moet dink om Fairy te kalmeer. Rochelle besluit om haar 'n ligte kalmeermiddel in te spuit wat nie skadelik is vir die vulletjie nie. Gewapen met die inspuiting in haar hand klim Rochelle op die ander stalhek en sit op die kant sodat sy by Fairy se nek kan uitkom. Sy kry dit reg om die merrie se kop te vryf en vir 'n wyle stop Fairy en Rochelle neem die kans waar en spuit haar in die nekvel in. Rochelle bly sit, want sy is maar versigtig om te gou af te klim en Fairy te ondersoek; netnou kry sy net weer die gier om te begin kap en niemand sal haar hier in die oggendure kry en help indien sy beseer word nie. Fairy sak stadig af en lê op die strooibed wat Rochelle en Shaun vir haar voorberei het. Rochelle klim versigtig af en vryf oor Fairy se maag om haar te kalmeer en ook om vertroue in te boesem. Sy luister na die vulletjie se hartklop en ondersoek Fairy om te sien hoe ver sy is om te vul. Rochelle besluit om vir Fairy liedjies te sing soos haar ma altyd gedoen het as sy siek was. Dit het gehelp en dan het sy sommer gou beter gevoel. Dit lyk of dit werk met

Fairy wat intussen ingesluimer het. Rochelle bly by Fairy sit en die oomblik as sy begin onrustig raak dan begin Rochelle sing. Sy wonder hoe lank dit nog gaan neem vir Shaun om te kom.

"Dit klink te oulik as jy so vir die perd sing," hoor sy skielik Shaun se stem by die deur.

Sy wil nie wys dat sy geskrik het nie en antwoord vinnig.

"Dit is iets wat ek aangeleer het by Onderstepoort. Daar was 'n vrouestudent wat so gesing het vir die diere om hulle te kalmeer. In die begin het dit snaaks gevoel, maar later het dit lekker geraak en ekself het begin ontspan saam met die diere," lag Rochelle.

"Ek sal dit bietjie in gedagte hou," antwoord Shaun. "Kom ons kyk wat die situasie nou is," gaan hy voort en gaan die stal binne.

Shaun trek sy handskoene aan en ondersoek vir Fairy. Hy het 'n frons op sy gesig en verduidelik aan Rochelle dat die vulletjie in 'n verkeerde posisie lê. Hy gaan probeer om dit reg te draai en as dit nie werk nie, sal hulle haar moet invat praktyk toe om 'n keiser te doen. Rochelle kyk wat Shaun doen en bid in stilte dat Fairy normaal die vulletjie in die wêreld sal kan bring. Shaun sukkel nog 'n rukkie en is dan tevrede. Hulle sit en gesels totdat dit tyd raak vir die vulletjie om uiteindelik sy verskyning te maak. Shaun sit so bietjie hand by en sê vir Rochelle dat hulle solank hulle hande moet gaan was terwyl Fairy hom skoonmaak. Wanneer hulle terugkom, sien hulle hoe hy met wankelbeentjies probeer opstaan en na 'n paar keer se omval is hy regop en soek hy sy ma om melk te drink. Rochelle vryf oor Fairy se kop en prys haar vir haar dapperheid. Sy en Shaun gaan staan buite die staldeur om die ma en vulletjie kans te gee om 'n bond te vorm.

"Jy is 'n baie goeie assistent," sê Shaun beïndruk.

"Dis omdat ek so goeie leermeester het," antwoord Rochelle nog bewerig. Sy het nie besef wat dit alles behels om so klein vulletjie in die lewe in te help nie. Daar was 'n tyd wat sy gedink het dat hulle dit nie gaan regkry om hom te draai nie en dan ook die ruk wat alles ewe skielik stil was en hulle gewonder het of die vulletjie nog lewe. Shaun is baie ervare en as dit nie vir hom was nie, sou dit anders verloop het.

Shaun merk die bewerige stemmetjie op en druk haar teen hom vas. Rochelle bly net so teen hom staan en op daardie oomblik voel dit die beste anker vir haar. Shaun is so anders as Ruan en het deernis met mense en diere. Hy voel hoe sy ontspan en bly vir 'n ruk so met haar staan voor hy besef dat hy oortree en haar liggies wegstoot van hom af.

"Die son is al op en ons kan die twee 'oumense' gaan opklop vir 'n koppie koffie en die goeie nuus met hulle deel," stel hy voor.

"Dit is die beste voorstel nog!" lag Rochelle terwyl sy haar goed oppak.

Hulle stap geselsend terug na die opstal en merk dat die twee "oumense" alreeds op die stoep sit en koffie drink. Oom Lukas kyk na die twee terwyl hulle aangestap kom en hy besef die meisiekind het onder sy vel ingeklim. Hy en Zandi het nie 'n dogter nie en daarom voel dit of Rochelle in hierdie kort tydjie hulle eie is. Hy wil elke keer net Ruan se nek omdraai omdat hy nie verantwoordelikheid aanvaar vir sy probleme nie en altyd vlug.

Hoekom kon hy nie maar net vir een keer sy goed opsy geskuif het en hierdie kind die geleentheid gegee het om haar droom te gaan leef nie? dink hy by homself. Hy sal nie omgee om haar as 'n skoondogter te kry nie.

"Môre julle tweetjies, en wat jaag julle so vroeg al huis toe vir koffie?" groet tannie Zandi terwyl sy opstaan om vir hulle koffie te gaan ingooi.

"Fairy het besluit om te vul en Rochelle was so paraat om in die vroeë oggendure na haar om te sien. Ek wil seker maak sy trek nie in die stalle in nie. Sy het so meegevoer geraak en die moederinstink is al klaar daar om die vulletjie te versorg," lag Shaun terwyl hy langs oom Lukas gaan sit.

"Ag jy is laf" lag Rochelle en stap deur na tannie Zandi in die kombuis.

Hoofstuk 8

Zandi loer onderlangs na Rochelle en besef dat die meisie besig is om verlief te raak op Shaun, maar dit sal net 'n kwessie van tyd wees dan is Ruan terug. Die egskeiding sal dan beslis voortgaan en sy weet nie of hulle Rochelle weer sal sien nie. As sy en Shaun by mekaar uitkom, sal die kanse groot wees dat hulle elders saam 'n praktyk sal begin of miskien hier aanbly. Sy bid al lank in stilligheid dat Ruan tot sy sinne sal kom en Rochelle se hart sal wen.

"Ons gaan eers so teen tienuur ontbyt eet," praat tannie Zandi.

Die dames bring die beskuit en koffie. Shaun se beker is nog nie eers koud nie toe staan hy op en groet, want daar lê nog 'n lang dag voor. Hy sê vir Rochelle om nie in te kom praktyk toe nie maar eerder hier op die plaas rond te wees indien daar enige hulp nodig is. Dit is vir hom beter dat daar vandag 'n bietjie afstand tussen hulle is.

Intussen is die Radio Active-groep terug van hulle toer deur Amerika en Australië waar hul heelwat vertonings gehou het. Ruan is so gewild onder die skoner geslag dat hy na elke vertoning 'n klomp telefoonnommers kry van meisies en dit het nogal na sy kop gegaan, want hy kan kies en keur. Daar is egter iets wat hom weerhou om té betrokke te raak by enige van die meisies. Elke keer as hy een uitgeneem het in Amerika, het dit hom gou verveel en het dit gevoel of twee bokkie-oë na hom staar. Hy het later gedink hy raak van sy kop af, maar daar is iets in hom wat hunker om so gou moontlik plaas toe te gaan en Rochelle beter te leer ken in 'n omgewing waar hulle altwee rustig is. Hy maak 'n punt daarvan om sy ma elke week te bel en te hoor hoe dit daar gaan. Hy wil nie met Rochelle self praat nie, want hy voel skuldig omdat hy eintlik nie getrou aan haar is nie, alhoewel hy niks verkeerd doen nie. Hulle is in elk geval nie wettig getroud nie en teen dié tyd is die saak seker al afgehandel. Hy moet Johan skakel en uitvind wat die uitslag was. Hy sal een of ander tyd as dit stiller gaan met die optredes deurry plaas toe en by sy ouers gaan kuier. Hy sal sommer dan Rochelle se hoed vir haar gaan gee.

"Ruan het gebel om te laat weet hy kom bietjie kuier," sê oom Lukas een oggend aan die ontbyttafel.

Rochelle weet nie of sy moet huil of bly wees nie. Daar was nog geen gesprekke weer tussen hulle nie en die advokaat het ook nog geen inligting aan hulle bekend gemaak wat hulle huwelikstatus tans is nie.

"Ons kan 'n paar vriende oornooi en dan braai ons. Hy was lanklaas tuis en ek is seker hy sal graag sy vriende ook wil sien," antwoord tannie Zandi.

Rochelle sien nie kans vir al die vreemde mense nie en besluit om vir die tannie te vra of sy haar vriendinne kan oornooi.

"As dit reg is met Oom en Tannie sal ek graag my woonstelmaats in Pretoria ook wil nooi vir 'n naweek," vra sy.

"Dit klink na 'n uitstekende idee! Die huisies is nog nie vir die naweek bespreek nie. Dit sal lekker wees om weer 'n klomp jongmense op die plaas te sien. Ons kan Saterdagaand 'n lekker braai hou," antwoord oom Lukas.

Dit is 'n gewoel op die plaas om alles reg te kry vir die kuiergaste. Rochelle is opgewonde om haar vriendinne weer te sien en het gereël dat hulle saam haar in die huisie kan oorslaap en nie alleen in die ander huisies nie. Sy mis hulle en sodoende kan hulle tot laat kuier. Oom Lukas het 'n slaapbank ingebring en een van haar maats kan in die spaarkamer slaap. Soos hulle in die verlede gedoen het, weet Rochelle dat hulle in elk geval almal gaan eindig in haar dubbelbed.

Rochelle gaan maak 'n draai by die stalle en die vulletjie het intussen heelwat gegroei en wei saam sy ma in die kamp langs die stalle. Rochelle kan nie glo dat sy al ses weke op die plaas is nie. Sodra haar maats hier aankom gaan sy hulle oorreed om die avontuurroete saam met haar te doen. Sy weet vir seker Chanté sal nie eens twee keer dink om dit aan te durf nie, maar sy is nie so seker van Christelle nie.

Dit is laat agtermiddag en nog baie lig toe die twee vriendinne arriveer. Rochelle stap vinnig uit haar woonstel om hulle tegemoet te kom. Ruan het laat weet hy kom eers later die aand en sy vriende, onder andere Shaun, sal eers die volgende dag met die braai by hulle aansluit.

"Welkom, ek het julle so gemis!" lag sy terwyl hulle mekaar 'n groepdrukkie gee, 'n gewoonte wat al van hulle skooldae af kom. Dit wys ook dat al drie ewe belangrik is en nie een vriendin bo die ander verkies word nie.

"Dit is 'n pragtige plek!" praat Christelle in verwondering terwyl sy wys na die berge.

"Jy kan dit weer sê, ek weet nie hoe gaan ek hiervan afskeid neem sodra ek hier klaar is nie," praat Rochelle met 'n tikkie weemoed in haar stem.

Een van die plaaswerkers kom help hulle bagasie dra en die meisies loop al geselsend na die huisie. Die bagasie word net neergesit saam met die handsakke en padkos sodat hulle eers gaan kennis maak. Rochelle het al so baie gespog oor al die eetgoed wat tannie Zandi voorberei het dat hulle nie kan wag om die tuisgemaakte produkte self uit te toets nie. Sy kan sien tannie Zandi het haar oortref vandag met al die gebak.

***

Rochelle word in die vroeë oggendure wakker van 'n geraas. Sy het al gewoond aan die diere- en plaasgeluide geraak, maar hierdie klink eerder soos 'n renmotor. Sy loer deur die venster wat uitkyk oor die erf. Sy kan haar oë nie glo toe sy vir Ruan uit die motor sien klim nie. Hy lyk skoon anders met sy skoongeskeerde gesig en langerige hare. Saam met hom klim nog twee ouens uit. Hulle strek hul eers uit voor hulle aanstap na die opstal. Dit lyk asof hulle geen benul het van tyd nie, want dit blyk hul verwag dat iemand vir hul moet wag hierdie tyd van die oggend. Sy hoop die oom en tannie is bewus van die tyd wat hy hier aankom. Chanté het intussen wakker geword en by haar aangesluit en verstom haar aan die manne.

"Dit is nou mooi stukke vleis daardie," praat sy ingedagte.

"Dit is mense, nie vleis nie," help Rochelle haar reg.

"Wat ook al maar hier kom groot pret. Christelle as jy sien wat ek hier sien sal jy dadelik uit die vere klim!" roep sy na Christelle.

"Ek is nog moeg, ons het eers in die oggendure kom slaap," kreun Christelle en trek die kombers oor haar kop.

"Wonder of Ruan uitsien na julle herontmoeting?" vra Chanté vir Rochelle.

"Dit pla my nou min," antwoord Rochelle vererg. Sy het gedink as sy hom weer sien sal dit haar nie pla nie, maar sodra hy in die omtrek is, voel sy so op haar senuwees. Sy voel aangetrokke tot Shaun en weet nie of dit net is omdat hy haar met soveel respek behandel nie.

Christelle het intussen lui uit die bed geklim en stap badkamer toe.

"Moenie te lank wees nie," roep Chanté. "Ek wil ook nog klaarmaak voor ons gaan ontbyt eet"

"Plaas dat jy klaargemaak het! Nou sit jy en bekyk die mans," antwoord Christelle vererg.

Chanté is 'n mooi blondekop met blou oë; die tipiese droommeisie van elke man, maar sy is eintlik baie kieskeurig en weet hoe om die manne om haar pinkie te draai. Christelle is weer 'n brunet met groen oë. Sy is meer 'n huishen en sal eerder met 'n boek gevind word as om te kuier saam met baie mense. Rochelle, met haar donkerkop en bruin bokkie-oë is weer 'n buitelugmens. Sy is baie slim en wil altyd meer weet voor sy iets aanpak. Die drie dames vul mekaar goed aan en respekteer mekaar.

Dit is 'n gesellige tyd om die ontbyttafel. Ruan het vroeër net vlugtig vir Rochelle gegroet en weer sy aandag bepaal by die manne se gesprek. Noudat hulle skuins oor mekaar sit aan die etenstafel kry Rochelle die kans om hom onderlangs te beloer. Buiten sy langer hare lyk hy nie té onaardig nie. Dit lyk of hy so bietjie meer lyf gekry het, maar dit pas hom. Ruan kyk skielik in haar rigting en sy voel hoe die bloed uit haar liggaam vloei. Ruan voel net so onkant gevang, want hy het nie besef dat sy hom dophou nie. Hy wou net vlugtig kyk voor die ouens agterkom en nou voel dit of die kos wat in sy mond is nie wil afsak nie. Hy neem 'n sluk van sy koffie en draai weer terug na sy pa wat intussen verduidelik hoe moeilik dit was om die avontuurrit te voltooi en seker te maak dit voldoen aan al die veiligheidsvereistes.

"Ouens, miskien moet ons dit tog probeer?" sê-vra hy

"Dit klink na baie pret, kom julle dames saam?" vra Jacques. Hy sal graag vir Chanté beter wil leer ken en hy hoop sy is die avontuurlustige tipe, want dan sal hulle goed oor die weg kom. Jacques is die leier van Radio Active se orkeslede. Die ander, behalwe Paul, het reeds ander reëlings vir die naweek gehad en kon nie saamkom nie.

"Ek is in!" roep Chanté van die kant af.

"Ek sal ook saamgaan net om Chanté te ondersteun," sê Rochelle. Sy wil eintlik gaan, want sy sal graag wil sien hoe hierdie sanger met sy sagte hande dit gaan maak.

"Ek is ook in," sê Paul. "Ek gaan beslis nie al die pret mis nie."

Ruan dink dit sal vir hom lekker wees om bietjie meer tyd saam met Rochelle te spandeer, hy wil nog vir haar die cowboyhoed gee wat hy gekoop het.

"Wel, ek gaan beslis nie alleen agterbly nie, so ek sal ook saamgaan," sê Christelle. Sy is nie baie lus vir die gedoente nie, maar sy sal kyk tot waar sy kan volhou en dan omdraai en kom help met die braai vir vanaand as verskoning.

"Julle moet net op die paadjies bly en seker maak julle volg die voetspore. Daar is verskillende kleure wat die verskillende roetes aandui. Daar is een plek waar julle hardehoede moet opsit en 'n harnas aantrek, dit is by die glybaan. Thomas is daar om julle te help en hy het al die veiligheidskursusse deurgegaan om seker te maak almal volg die reëls," antwoord oom Lukas.

Ruan neem die jong manne eers op 'n rit om hulle die plaas te wys en belowe om teen eenuur terug te wees wanneer almal reg moet wees vir die avontuurrit. Die meisies het weer die stalle besoek en Rochelle het elkeen 'n kans gegee om op Fairy in die oefenkamp te ry. Sy sien Shaun aangestap kom en is bly hy gaan saam, want sy voel gemaklik in sy geselskap.

"Môre, dames," groet hy nadat hy by hulle aangesluit het.

"Môre," groet almal gelyktydig.

"Ek sal wat wil gee om elke oggend deur sulke oulike dames begroet te word!" lag hy.

"Ek hoop jy weet jy is klaar ingereken om die avontuurstaproete te gaan doen," antwoord Rochelle.

"Hoe nou?" vra Shaun verbaas.

"Ons het om die ontbyttafel afgespreek dat niemand die pret kan misloop nie. Elkeen kan darem net gaan tot sover hulle kan en dan omdraai," antwoord Rochelle.

"Oukei, ek is darem altyd aangetrek om in die veld te wees," sê Shaun.

"Wel, ek sal aanbeveel jy gaan kuier bietjie in die huis by tannie Zandi en oom Lukas sodat ons kan klaarmaak," beveel Rochelle hom tergend.

"Sorg vir die sonskerm ook. Sien julle later!" groet hy en stap aan. Dit voel vir hom ongemaklik om saam met Ruan hier te wees en hy het regtig gehoop Ruan trek kop uit, want hy hou nie van kompetisie nie.

Die twee vriendinne kyk na mekaar en sien hier kom 'n ding. Twee manne verlief op een meisie is nie goed nie, veral as julle sulke goeie vriende is. Rochelle is vir hulle so toe soos 'n boek, en indien hulle net in die rigting van een van die twee praat, verander sy die onderwerp. Albei hoop die keuse wat Rochelle op die ou end maak sal die regte een vir haar wees. Hulle is bly dat hulle nie in dié posisie is nie, want altwee manne is oulik en aantreklik. Die een miskien net 'n bietjie meer aantrekliker en met 'n magnetiese persoonlikheid as die ander een.

Die groep kom by die begin van die staproete aan. Op die bord word die hele roete gewys en ook die reëls. Dit is nie te warm nie en daar is heelwat woud wat die son afkeer. Daar is besluit dat Jacques die voortou sal neem en dat Paul die agterhoede sal dek. Die meisies voel fiks en stap flink vooruit. Dit is omtrent drie kilometer se stap voor hulle die glybaan se begin bereik. Hulle drink water en eet van die eetgoed wat tannie Zandi ingepak het. Daar word lootjies getrek wie eerste gaan. Thomas gee vir elkeen 'n hardehoed en help vir Paul, wat die kortste lootjie getrek het, met die harnas. Thomas verduidelik vir hulle dat die eerste gedeelte op die dek so honderd meter is van waar hulle sal eindig. Daarna sal daar iemand anders wees wat hulle weer sal help om die tweede gedeelte, wat heelwat langer is, aan te pak. Hulle moet ten alle tye die hardehoede ophou en eers begin gly as die ander persoon weg is. Die persoon wat help by elke platform sal 'n groen vlag opsteek as die volgende persoon kan kom. By die laaste platform kan hulle die hardehoed inhandig en rustig in die uitkyktoring sit tot almal klaar is. Almal verstaan en Paul word losgelaat en hulle kan van waar hulle is sien hoe elkeen veilig op die volgende platform land. Thomas begin vir Christelle vasmaak en sodra hy die vlag sien laat hy haar gaan. Sy skree erg en land veilig aan die ander kant. So volg elkeen tot Shaun, Ruan en Rochelle oorbly. Ruan het voor Shaun die lootjie getrek, maar wil hom nie alleen by Rochelle los nie. Hy probeer Shaun oorreed om eers te gaan, want hy wil eers 'n draai loop. Shaun wil weer nie eerste gaan nie en sê vir Ruan hy moet gaan soos hulle die lootjies getrek het. Dit raak 'n gestryery en Rochelle vra vir Thomas om haar eerste te laat gaan, want die twee kan nie tot 'n vergelyk kom nie. Sy geniet die glyery en voel vry. Gelukkig kan sy nou na die ander platform beweeg en die twee moet maar nou met mekaar opgeskeep sit. Nadat almal die laaste platform bereik het, is daar eet- en drinkgoed voor hulle die staproete verder aandurf. Daar is 'n roete waar jy meer moet bergklim en die ander roete lei na die waterval waar Boesmantekeninge is. Almal besluit op die roete na die waterval en Boesmantekeninge is die kortste en minder moeilik. Dit sal ook 'n wonderlike ervaring wees om te sien hoe die Boesmans met hulle tekeninge boodskappe oorgedra het. Die groep gesels land en sand terwyl hulle stap. Shaun ken die area baie goed en gee so hier en daar 'n verduideliking oor watter diere hier gevind word en hulle gedrag as mense naby hulle kom. Daar is selfs 'n luiperd ver in die berge wat selde gesien word. Ruan voel uitgesluit, en al het hy hier grootgeword, was hy nie gereeld in die veld nie en bergklim was nie een van sy stokperdjies nie. Hy stap net saam omdat dit deel van die groepuitstappie is en kan nie wag om terug by die opstal te kom nie. Hulle bereik die waterval en die manne spring in die water terwyl die meisies net hulle voete afkoel. Die wolke het intussen begin saampak en Shaun sê hulle moet begin aanstaltes maak anders vang die reën hulle op pad terug. Hopelik is die weer oor en kan die braai voortgaan vanaand. Ruan wys dat daar 'n korter pad is na hulle plaashuis, maar Shaun sê dit is te klipperig en iemand kan seerkry. Rochelle en die meisies stap solank aan terwyl die manne die rugsak en toerusting oppak. Rochelle stap ingedagte vooruit en kom nie agter sy is nie meer saam die groep nie. Haar gedagtes bly besig met Ruan. Alhoewel sy maklik op Shaun verlief kan raak, wil haar hart nie afstand doen van Ruan se beeld nie.

Paul en Jacques was so besig om die meisies te terg dat hulle nie eens agtergekom het Rochelle is nie meer saam hulle nie. Dit het intussen liggies begin reën met donderweer in die verte. Rochelle kom terug tot die werklikheid en besef sy is alleen en het die ander verloor. Sy verwens haar gedagtes wat so op loop gegaan het en nou het die weer ook opgesteek. Sy is vir min dinge so bang as vir donderweer. Sy sien die ingang van 'n grot en soek skuiling.

Ruan en Shaun vra vir Paul en Jacques waar Rochelle is.

"Ons het gedink sy het teruggedraai en vir julle gewag," antwoord Paul.

"Wel, sy is nou iewers hier in die berge en ek sal na haar gaan soek terwyl julle die meisies huis toe te neem," sê Shaun. Ruan besluit om saam te gaan soek. Daar is twee staproetes en hulle spreek af dat elkeen die roete 'n kilometer in gaan volg en dan weer terugdraai, want Rochelle kan nie só ver voor hulle wees nie. Ruan sien die grot se opening en besluit om eers skuiling te soek. Hy is verbaas om Rochelle in 'n bondeltjie te sien sit in die grot. Sy skrik en is verlig dat dit hy is wat daar is. Shaun se roete lei hom terug na die kamp en nou is Ruan en Rochelle soek. Hy besluit om hulp te kry vir die soektog. Dit is egter al te donker om nou terug te gaan en hy bid dat Rochelle en Ruan darem bymekaar uitgekom het en sy nie alleen in die berge is nie. Dit gaan 'n lang nag vir hom wees. Die soekgeselskap sal baie vroeg die oggend hier wees om te help. Intussen soek Ruan na hout sodat hulle 'n vuur kan maak deur die aand. Sy selfoon was nog nooit so nuttig vir hom soos nou deur lig te verskaf om sy soektog te vergemaklik nie. Al is hy nie 'n roker nie het hy altyd 'n aansteker by hom. Sy pa het hom geleer dat jy altyd sal oorleef in die veld as jy 'n knipmes en 'n aansteker by jou het. Rochelle het van hulle padkos wat oorgebly het in haar sak ontdek en deel dit tussen hulle. Rochelle is bang en Ruan trek haar nader aan hom en vertel haar van sy besoek aan Nashville om haar aandag af te trek. Hy voel iets in sy sak, dit is nog 'n pakkie winegums! Hy maak die pakkie oop en saam eet hulle dit in stilte. Later raak Rochelle in sy arms aan die slaap. Ruan sit nog so met haar en voel hoe hy ook wegraak.

Ruan skrik wakker van voëlgesang en voel eers deurmekaar, maar besef gou hulle is nog in die grot. Hy loer uit by die grot en sien dat die weer opgeklaar het. Hy wil nog hout gaan kry sodat hulle buite 'n vuur kan maak om seker te maak dat die rook mense na hulle toe sal lei. Toe Rochelle wakker word, rek sy haar stywe bene uit en staan op. Sy het 'n waterpoel ontdek en is besig om 'n vinnige was in te kry. Sy hoor Ruan skree en hardloop na buite. Toe sy hom nie sien nie, begin sy na hom roep. Ruan sit teen 'n rots laer af teen die krans en dit lyk asof hy sy enkel geswik het want hy kan nie daarop trap nie. Rochelle spoor 'n lang stok op en hou die na hom uit.

"Kan jy jouself stut met die stok? Dit is nie te steil nie, en as jy net nader kan kom, kan ek jou help optrek," verduidelik sy.

"Ek sal probeer, maar wees net versigtig dat jy nie afval nie. Ek is seker Shaun het intussen mense gekry om ons te kom help," antwoord hy.

Rochelle wag tot Ruan naby genoeg is en gaan lê plat sodat sy Ruan se hand kan vat om hom op te help. Terwyl sy so trek, dink sy aan hoe hy haar gehelp het met haar bandomruiling by die ambassade. Dit is seker nou "payback time" dink sy ingedagte. Dit vat 'n ruk om hom bo te kry, want hy kan nie op sy een voet trap nie en sy moet hom half opsleep. Na 'n ruk wat soos 'n ewigheid voel, is Ruan bo en gebruik sy haar oorhemp om sy enkel te verbind. Haar gesig is baie naby aan Ruan s'n en hy wou net vorentoe buk om haar te soen toe hy Shaun se stem hoor.

"Dankie Vader ek het julle gekry!" antwoord hy verlig.

"Ek is net so bly om jou ook te sien; jy is altyd die een wat my moet red," lag Rochelle.

Ruan is nie baie gelukkig met die omstandighede nie en ook nie dat hy afgedra moet word en Rochelle saam met Shaun kan terugstap nie. Shaun vat Rochelle se hand sodat hy haar met die paadjie kan aflei. Sy hart klop wild en hy hoop Rochelle kom nie agter dat hy gevoelens vir haar het nie. Met hulle terugkoms by die opstal het die jongmense almal al gepak en wag net om te groet. Dit is nog 'n entjie vir hulle huis toe en die braai was maar 'n somber aangeleentheid omdat hulle bekommerd oor Rochelle en Ruan was.

Hoofstuk 9

Johan sit oorkant Ruan in 'n restaurant in Pretoria.

"Jy gee my vroeg al grys hare," sê hy met 'n glimlag. "Ek het alles in my vermoë probeer doen om die huwelik nietig te laat verklaar, maar die regter wil niks weet nie."

"Wat is die rede?" vra Ruan.

"Volgens hom is die tydperk van vier jaar nie binne die tydperk wat 'n huwelik nietig verklaar kan word nie. Hy is ook van mening dat as julle nog kontak maak met mekaar, al was daar nie 'n huwelik nie, is daar kanse dat die huwelik wel kan slaag," antwoord Johan met 'n sug.

"Ek verstaan nie die regstelsel nie: Hoe moet ons 'n huwelik laat slaag as ons twee uiteenlopende geaardhede het en nie eens saam kan wees vir 'n paar ure sonder om op mekaar se senuwees te werk nie!" antwoord Ruan geïrriteerd. Hy is nou moeg vir die aangeleentheid en dit begin 'n impak op sy loopbaan hê.

"Om eerlik te wees, dit is hoe mense in 'n huwelik is. Argumenteer en maak dan weer op," lag Johan. "Wat wil jy doen? Moet ek die egskeidingdokumentasie opstel en aflewer?"

"Ja, ek is oor 'n week in Bloemfontein en sal dit dan kom teken," antwoord Ruan.

"Ek maak so en sal dit dan verder afhandel," antwoord Johan en loer onderlangs na Ruan. Iets sê vir hom dat sy vriend vir die eerste keer in sy lewe vir iemand begin omgee het. Die pierewaaier het rustiger geword en selfs verantwoordeliker. Al het die huwelik nou nie uitgewerk nie, het sy vriend uiteindelik grootgeword. Hulle stap saam tot by die parkeerarea en groet.

Rochelle vee met die agterkant van haar hand om die hare uit haar oë te kry. Sy is besig om die lammetjies melk te gee en wil nog by die stalle ook 'n draai gaan maak. Dit is haar laaste dag hier op oom Lukas-hulle se plaas. Sy gaan hulle baie mis en het belowe sy sal kontak hou en kom kuier. Sy sien Shaun se bakkie stop en hy kom vinnig na haar aangestap. Sy wonder wat is fout.

"Hallo!" groet sy hom. "Wat maak jy vandag hier? Ek was onder die indruk jy is op pad na jou konferensie wat volgende week begin."

"Hallo, en as jy so vroeg al die lammetjies melk gee?" vra hy en gaan sit langs haar op 'n klip.

"Dit is maar my manier om vir hulle te groet en as ek ooit weer hier kom, is hulle ook seker al mammas," antwoord Rochelle met hartseer in haar stem.

"Dit is net jy wat al die diere nog sal groet. Gaan jy nog wegkom voor Maandag as jy elkeen so spesiaal wil groet?" lag hy.

"Lag maar, jy sal sien hulle sal my nie vergeet nie en altyd onthou," antwoord sy gemaak vies.

Sy lyk vir hom so naïef en weerloos hy kan dit nie help om oor te buk en haar op haar mond te soen nie. Rochelle skrik en ruk haar kop weg.

"Jammer!" antwoord Shaun. "Ek kon dit nie weerstaan nie en wou dit al lankal doen. Moet asseblief nie vir my kwaad wees nie.

Rochelle kyk hom stil aan en buk vorentoe en soen hom liggies. Shaun neem haar in sy arms en hulle geniet die oomblik. Rochelle besef meteens sy is nog 'n getroude vrou en stoot Shaun weg.

"Ek is jammer, maar ek is nog wettig getroud, al is dit net op papier," antwoord sy en staan op.

"Ek wens julle situasie wil nou na 'n rigting beweeg. Ek is lief vir jou," antwoord hy met 'n seer trek om sy mond.

"Jy moet my nou asseblief verskoon, ek wil gou al die nodige draaie stap en moet nog gaan pak," sê sy.

"Belowe my jy sal my 'n kans gee as jou egskeiding afgehandel is? Ek weet jy het ook gevoelens vir my," smeek hy.

"Ek is op die oomblik so deurmekaar en weet nie waar ek tans in my eie lewe is nie. Kom ons hou dit eers op 'n vriendskaplike basis en laat ek net eers myself uitsorteer," groet sy en stap weg.

"Ek sal wag en kom kuier," roep Shaun agterna en draai om na sy bakkie.

Rochelle is besig in haar kamer om die laaste goedjies te pak toe sy oom Lukas hoor klop.

"Hallo, Oom!" groet sy bly.

"Dagsê my kind. Jammer om te pla, maar die balju was vroeg vanoggend hier terwyl jy by die stalle was. Ek het namens jou vir die dokumente geteken; ek neem aan dit is julle egskeidingsdokumente."

Rochelle neem die koevert en sien die dokumente is vanaf Ruan se prokureur in Bloemfontein.

"Dankie, oom Lukas, dit lyk vir my ook so," antwoord sy. "Ek pak net gou die laaste goedjies en dan sien ek oom-hulle met aandete."

"Dit is reg so, my kind, sien later," groet oom Lukas en stap terug na die plaashuis. Sy hart is seer en hy weet sy seun het 'n besluit geneem en hulle kan nie vir hom sê wat om te doen nie. As dit so kom dat Rochelle en Shaun mekaar miskien vind sal sy darem hier in die omtrek wees.

Rochelle kyk weereens na die dagvaarding en sy besef dit is dan die einde. Sy kry 'n gevoel van hartseer om te dink dit is verby en dat hy nooit werklik moeite gedoen het om haar hart te wen nie, selfs na hul nag alleen in die grot.

Miskien is dit wat haar die meeste vang, die feit dat hy net nooit omgegee het nie, dink sy.

Rochelle het nie krag om nou aandag te gee aan die dagvaardiging nie en sit dit op die spieëlkas neer. Sy is ook nou nie eens meer lus om verder te pak nie. Sy het nog nie by die stalle uitgekom nie as gevolg van Shaun. Sy voel sy moet nou net wegvlug en iewers gaan sit en haar emosies verwoord. Sy stap na die stalle en gaan staan by Fairy. Sy het al menigmaal haar hart gedeel met die merrie. Hulle het 'n goeie verstandhouding nadat sy haar gehelp het met die geboorte van haar vulletjie. Sy is seker Fairy voel haar emosies aan. Sy vat Fairy om die nek en druk haar kop teen die perd se lyf. Haar hart is seer oor Ruan en sy is verward oor haar emosies met Shaun.

"Hoe weet jy wat is die regte besluit, Fairy?" vra sy saggies. "Ek weet nie hoe Ruan oor my voel nie, want hy wys een oomblik hy gee om en die volgende oomblik slaan hy weer toe en vermy my. Met Shaun is dit anders, ek voel veilig en verseker van hom, maar is ek verlief of lief vir hom?" praat sy verder. Fairy druk haar kop in Rochelle se nek en dit is asof sy haar wil troos.

"Jy moenie dit doen nie Fairy," lag Rochelle. "Jy maak my hartseer en hoe gaan ek kan weggaan en jou hier los?" Fairy runnik en trippel rond. Rochelle vryf die maanhare deurmekaar en gee haar 'n soentjie teen die slape. Sy stap uit die stalle en loop direk na die restaurant om vir oulaas saam oom Lukas en Tannie Zandi aandete te nuttig. Dit was 'n aangename tydjie hier en sy gaan dit baie mis. Oom Lukas en tannie Zandi het haar al baie laat verstaan dat sy enige tyd welkom is op die plaas, ongeag wat die situasie tussen haar en Ruan is. Shaun het belowe om gereeld kontak te maak en ook te kom kuier. Dit was 'n troos vir haar om hom hier naby haar te hê en sy het baie by hom geleer.

Die aand saam met die oom en tannie is anders as ander aande: Stil en daar word net so hier en daar iets gesê om die ete om te kry. Die koel lug is verfrissend en Rochelle geniet die laaste aand van vars lug tydens 'n aandete. Dit maak op vir die stilte. Na ete help sy Tannie Zandi om die tafel af te dek en die skottelgoed in die skottelgoedwasser te pak.

"Dan sê ek maar nag, en weereens dankie vir al julle gasvryheid," antwoord Rochelle.

"Nag my kind, dit was lekker om jou hier rond te kon hê," antwoord tannie Zandi en oom Lucas beaam dit.

Terug in haar woonstel tap Rochelle vir haar bad water in. Sy gaan nou net lê en ontspan en vergeet van alles. Later die aand in haar bed sit sy met die dagvaarding in haar hande. Sy sien aan die agterkant van die laaste bladsy is 'n koevert vasgeplak. Sy lees die dagvaardiging deur om seker te maak daar is nie iets wat sy miskyk nie. Baie mense het al in 'n strik getrap om nie dokument te deeglik deur te lees nie. Met die verrassing van haar kamstige troue, is sy nie nou nog lus vir nóg 'n onaangename verassing nie. Sy sien aan die einde Ruan het die egskeidingsdokument volledig geteken en daar is plek vir haar handtekening as sy tevrede is met die voorwaardes en inhoud van die dokument. Alhoewel sy nie veel hoop vir hul huwelik gehad het nie, voel sy tog hartseer. Sy sou tog wou hê dat Ruan moeite moes doen om vir haar te baklei. Daar is ook 'n spertyd om die dokument terug te besorg. Sy kyk na die ander koevert en weet dit gaan seker die rekening wees van die prokureurs.

"As Ruan dink ek gaan sy regskostes betaal, maak hy 'n groot fout!" praat sy vererg met haarself.

Sy is nie nou lus om te kyk wat in die koevert is nie. Daar was genoeg onaangenaamheid vir een nag. Sy hoop sy sal 'n oog toe kan maak, want sy het môre 'n ver pad om te ry. Dit kan dus wag tot môreoggend wanneer sy al die dokumentasie sal teken en so die egskeiding agter die rug kry. As dit 'n rekening is, sal dit net so vir Ruan teruggestuur word.

Sy word die volgende oggend moeg wakker en is vies dat sy heelaand rondgerol het oor die egskeiding. Sy staan op en gaan maak vir haar koffie. Sy besluit om eers die koevert oop te maak voor sy die dagvaardiging gaan teken. Hierna sal sy met haar lewe kan voortgaan en nie weer terugkyk op die laaste paar maande wat haar soveel onnodige drama besorg het nie. Sy is seker daar is 'n paar grys hare op haar kop. Sy skeur die koevert oop en tot haar verbasing daar val 'n vliegkaartjie en 'n briefie uit.

"Aan my vrou" begin die aanhef van die brief.

"Teen hierdie tyd het jy reeds die dagvaardiging ontvang en soos ek al jou nuuskierigheid agtergekom het, lees jy die briefie nou. Seker gedink dit is 'n rekening? Ek kan my net voorstel hoe vererg jy was!"

Rochelle wil haar sommer weer vir hom vererg. "Hoe kan hy net aanneem dat hy my so goed ken? Hy het so min tyd saam my spandeer," praat sy met haarself.

Sy lees verder: "Ek sluit 'n vliegkaartjie hierby in as jy dalk besluit om my 'n kans te gee om die man in jou lewe te wees en jy my beter wil leer ken, want ek is nie werklik die swierbol wat jy tot dusver gedink het ek is nie. Na ons nag alleen in die grot het ek besef dat ons dit aan onsself verskuldig is om ten minste te probeer. Ek wil uit my hart nie my bokkie-oog-meisie verloor nie, en ek hoop jy voel dieselfde. Hierdie vliegkaartjie sal ons op 'n wittebrood na Texas neem. Ek het gedink dit sal die geskikte plek wees omdat dit is waarnatoe jy oorspronklik wou gaan en so is ons by mekaar uitgebring. Jammer dat ek jou in die steek gelaat het toe jy jou droom wou gaan uitleef. Ek sal vir jou wag op die vliegtuig. Jy sal sien ons vertrek van Bloemfontein se lughawe, want ek weet jy sal by jou ouers wees nadat jou tydperk by my ouers verstryk het. Ek hoop van harte jy gee my 'n kans en maak die regte besluit. Indien die vliegtuig vertrek sonder jou dan weet ek wat jou besluit was en sal ek dit respekteer en nie weer kontak maak nie. Groete, jou man, Ruan.

PS: Ek soen beter as Shaun en is jammer dat dit so lank geneem het om jou op wittebrood te neem."

Rochelle staar na die brief en kan nie haar oë glo dat Ruan nog so arrogant kan wees nie. Hy neem sommer aan sy sal by haar ouers wees, en hoe weet hy sy en Shaun het gesoen? Stalk hy haar? Hy dink verniet hy ken haar. Die afgelope paar weke het hy met haar emosies gespeel en weet sy nie of hy haar vir die gek hou en of hy opreg is nie.

Die datum op die vliegkaartjie is oor 'n week. Sy sal eers oor die saak dink en dan verder besluit. Dit is in elk geval aan die einde van haar navorsingstydperk by oom Lukas. Dit was een van die beste tye in haar lewe en sy sal dit mis om hier te wees. Die lang pad na Bloemfontein sal net die regte medisyne wees om haar kop skoon te kry en te dink. Rochelle sit die dagvaardiging in 'n koevert en sal dit aan haar pa oorhandig om aan advokaat Dirk te gee om seker te maak alles is in orde. Daarna kan dit maar die gang gaan soos dit moet. Sy het ook 'n briefie ingesit wat haar instruksies bevat as deel van die egskeidingsgeding. Onder meer om die geld wat Ruan haar aangebied het, van die hand te wys.

***

Ruan kyk op sy horlosie en sien dat die vliegtuig oor 20 minute gaan opstyg. Waar is Rochelle? wonder hy. Sy het seker nie sy aanbod aanvaar nie en daarom is haar sitplek hier langs hom nog leeg. Hy moes kleedkamers toe gegaan het voor hy op die vliegtuig geklim het, maar sal gou kyk of hy dit nou kan gebruik voor hul vertrek.

Rochelle is laat en sy moet vinnig haar bagasie inhandig en dan na die vliegtuig hardloop. Sy het 'n moeilike dag gehad, want nadat sy besluit het om wel Ruan se aanbod te aanvaar, was dit 'n dolle gejaag om alles in plek te kry. Die moeilikste was om met haar ouers en Shaun te praat en hul in te lig oor haar besluit en waarom sy dit geneem het. Dit was glad nie maklik om haar ouers gerus te stel nie, wat nog om die haar voor te stel die seer in Shaun se stem tydens hulle telefoniese gesprek . . .

Die lugwaardin maak die deur agter haar toe en wys haar sitplek aan. Sy merk Ruan is nie op die sitplek waarna sy stap nie. Sy kyk na die nommer op die vliegkaartjie en vinnig oor almal in die vliegtuig om seker te maak dit is die sitplek. Sy voel teleurgesteld en dink aan die gebeure van die afgelope week en weet dat dit nie saak gemaak het hoe sy met haarself geredeneer het oor Ruan se versoek nie; sy sou op die ou einde net een besluit neem omdat sy Ruan liefhet en nie die kans op geluk deur haar vingers wou laat glip nie.

Was dit nou weer een van Ruan se streke om haar weg te kry van Shaun? kan sy nie help om te wonder terwyl sy in haar sitplek gaan sit en haar sitplekgordel vasmaak. Net toe sy voel asof sy in trane kan uitbars, voel sy 'n glas sjampanje in haar hand. Sy kyk op in Ruan se glimlaggende gesig met 'n glas sjampanje in sy hand en dan is hy reeds besig om hom in die sitplek in te wurm.

"Hoe sê hulle altyd in die movies: 'You may kiss the bride!'" lag hy en skuif in sy sitplek in. Die lugwaardin kondig aan dat almal die sitplekgordels moet vasmaak, want die vliegtuig maak gereed om op te styg. Ruan doen vinnig die takie en draai na Rochelle.

"My hart kon jou nie net laat gaan nie; ek moes iets probeer, maar my verstand het gesê dat ek jou moet laat gaan," lag hy terwyl die plooitjies van geluk om sy mond keep. "Ek het besluit om ons twee 'n gelyke kans te gee en om jou die keuse te laat doen. Sodoende kon ek nog my reputasie gestand doen, as jy my hart gebreek het deur die egskeidingsdokumente te teken. Ek kon altyd sê my verstand het my gewaarsku. Ek is egter so bly dat my hart gewen het en nie my verstand nie, want ek weet nie of selfs my verstand meer na my redenasies as 'n geharde vrygesel wou luister nie. My hart se redenasies was net te sterk," rammel hy voort.

"Haal asem, my man," lag Rochelle.

Ruan buk en vou haar toe in sy arms en laat sak sy kop om haar te soen.

"Ek is lief vir jou, mevrou Cilliers."

"Ek is lief vir jou, meneer Cilliers."

Rochelle vat sy gesig in haar hande en soen hom.

Hulle besef nie die vliegtuig is al in die lug nie, want hierdie keer is dit 'n vlug van liefde en geluk waar twee harte saamsmelt met die wete dat 'n blink toekoms wag . . .

www.ingramcontent.com/pod-product-compliance
Lightning Source LLC
LaVergne TN
LVHW051014080826
845145LV00009B/2607

* 9 7 8 1 7 7 6 0 5 6 2 8 6 *